沒有時間足夠遠

有河book

甜粿

漂漂

小星

寶貝

小缺

粉粿

繡繡

蓓蓓

給
永遠的
金沙。隱匿
謝謝你，教
給我的許多道理，你
重要的是吃飯和睡覺，遊戲以及相
愛。此刻陽光正在窗外，始終被星光
收藏起來的秘密，從我們的眼底洩
漏出來。謝謝你，我閃閃發亮的小天使
若是沒有你，我將不會知道，世上確實存
在著純粹的愛。因為你的指引，我才
能從自己站立的狹小空間裡，走出
來，到達了前所未見的地方。
我只能將那裡稱之為夢境
那种夢境。謝謝你，若是沒有
你，我將不会知道，愛確実能夠
將呼喚與應答，完美地結合。此刻
的我已心滿意足。透過淚水看出去的
世界，是模糊的。宇宙的意志，昭然若揭。
金沙，有河book店貓
2010.04~2014.03.08
短尾
肉腳
小橘
蝴蝶
巧克力
小櫻
阿哉
瞇瞇眼

玻璃詩

金沙

隱匿與糖糖

貓奴的座位

糖糖

小金靈

兩次的河

有
的
空
落
都
背
雨
在

玻璃詩

豆比

潑潑

苔苔和麵麵

漾漾

美花

粉鳥

河貓聚集用餐

小哲

小芝

團團

樣子

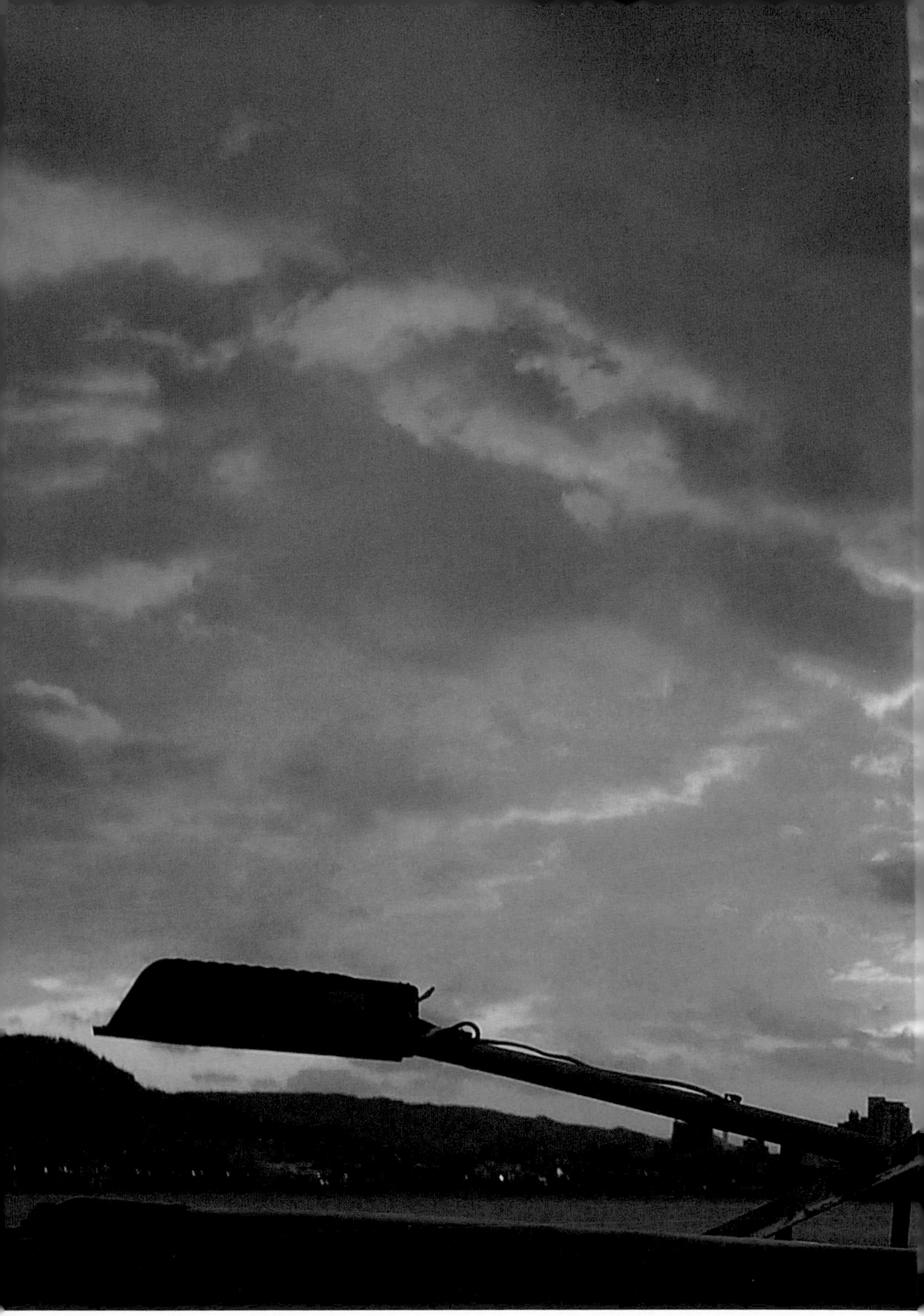

咖哩

貓隱書店

告別有河 與 河貓

隱匿

被貓隱匿的書店

隱匿

我和686經營的有河book書店，維持了十一年的時間，從二〇〇六年到二〇一七年，沒有請店員的我們幾乎哪裡也沒去，每天都待在這家小店裡，賣書、賣飲料、辦活動、餵貓。青春和熱情在與書香無關的雜務中消耗殆盡，甚至就連笑容也所剩無幾，然而，為了一群依賴書店生存的街貓，我咬牙苦撐著，直到最後，終於因病而決定歇業了。

過去我的每一份工作都不長久，也算不上有熱情，相較之下，有河真的是傾注我全部心力的工作，我對它的感情之深，是他人無法想像的。尤其是這些年來在露臺上遭逢的每一幕動人的風景：那些波光雲影、山色變幻、灑落在河面上的月光，還有每年春天必將觀音山隱藏起來的濃霧，每年夏天必定離開視線，而後在秋天時回返的夕陽落點……以及更重要的，那一群我曾照顧並取名的「河貓」——十一年來竟有一百三十四隻之多——這些坐臥於露臺地板或矮牆上，以淡水河和觀音山為背景，以玻璃詩和書架為前景的河貓們，毫無疑問已內化為我存在的一部分，且將會跟隨著我，或者我將會跟隨著這些記憶，直到生命的盡頭。

歇業後至今一年半，我一邊接受治療，一邊以極為緩慢的速度書寫著，可以算是一次漫長而艱難的告別吧。而我用了最大的熱情、最迫切書寫的，當然是河貓的故事。起初我構思著要寫一篇數萬字的散文，但一方面又察覺到這樣的架構似乎並不妥貼？正在猶豫中，突然收到瑜雯姊來信，邀請我在《聯晚》副刊寫專欄，她淡淡地說：「寫什麼都可以喔，就寫貓也無妨。」當下我茅塞頓開，驚覺到：以許多短篇來寫完河貓的故事，這才是正解啊！因此，我以「貓隱書店」為名，寫了半年的專欄，剛剛好把河貓的故事寫完。

但這些篇章有些異常地沉重，書寫過程中，我彷彿重新經歷一次又一次失去愛貓的痛苦，我浸泡在淚水之中，割肉飼字，每一個字都像是用命換來的，等到河貓的故事終於全部寫完之後，我真有一種查克拉耗盡、一命嗚呼之感。

接著，我開始寫書店的故事。和寫河貓時的迫切完全不同，我不斷推拖著，面對空白的螢幕，逃避的藉口可說是源源不絕、排山倒海而來。我本以為自己在書寫的時刻是絕不逃避的，沒想到寫起書店的故事，我竟無法完成計畫中的篇幅！我不斷問自己：究竟為什麼？後來終於得出了答案，那就像三島對太宰治的批評：「人格缺陷應該在生活中自行解決，不該拿來煩擾文學和藝術。」也就是說，我在有河最大的痛苦來源就是必須與人交接應酬，這讓內向又敏感的我無力招架，且因為各種或大或小的惡意而受苦。然而這些問題，終究只是我的人格缺陷，或者說我的個性就是如此，我生來的配備就是缺少這方面的能力。

過去我常自我反省，責怪自己對奧客充滿敵意，責怪自己無法更成熟，無法站上更高的位置，看透人際關係的齟齬，以及隱藏在背後的因果……但現在我終於了解了：這並不是我的錯。我曾經歷的這些折磨，事實上只要一句話就能說完了：「我根本不適合開店做生意。」只是這些經歷和悔悟，我自己知道就好了，不需要化為文字，這也像木心說的：「要懺悔，不要懺悔錄。」得到這個結論之後，我鬆了一口氣，決定放自己一條生路，於是書店這個主題的書寫計畫就此結束。

儘管如此，我還是相信，有河曾經為淡水小鎮留下了一幅美好的人文風景，尤其是這些年來曾造訪並寫下玻璃詩的詩人，多達兩百人次，其實是超過河貓總數的。在開書店之初，詩還是極為小眾的文類，有河的銷售排行榜幾乎全是詩集，剛開始還曾被批評是菁英化的選書，然而現在，堂堂進入了詩復興的年代，詩集已成為全臺許多獨立書店的銷售主力，玻璃詩也變得普遍了，不管是書店、校園、咖啡館，甚至是早餐店，都能見到。藉由一片玻璃以及映照其上的風景，詩進入生活，參與了人們的閱讀與用餐時光。

然而對我來說，玻璃詩最美的一點即是它的虛幻性和短暫性，建築在流沙之上，在若有似無的反光之中，就像彩虹或者海市蜃樓一般。每當我要擦去上一次的玻璃詩，心裡肯定會捨不得，然而，若戀棧舊有的，就無法前進，這一點，不管是詩還是有河，或者我自己的人生，都是一樣的。

因此這本告別之作，分成貓和書店兩個主題，兩主題又分成散文和詩，共四個部分。散文都是新作，可算是有河文化出版的《河貓》加上《十年有河》兩本書的續集，以及完結篇。詩則是我開書店以後至今十二年來的作品，新舊作皆有，按照時間順序排列下來，個人在大環境底下的心境變化，一目了然，幾乎比散文還要翔實與真切。整理完詩作之後我發現：原來我用散文沒能寫出的，終究還是以詩完成了。

最後我計算了全書的字數，寫貓和寫書店的篇幅大約是五比一，簡直不成比例！然而，這也就是事實了——貓在我心裡的重量遠勝於一切。

但為了彌補這前後不均的缺憾，我還是想出了辦法。我請求孫維民、朱天心和吳明益這三位亦師亦友的作家，將當初有河歇業時寫下的紀念詩文授權與我，他們全都慨然同意了！如此一來，不僅為本書增色許多，更拓寬了視野與高度，我也就不再感到遺憾了。全書最後則以686的文章作結，畢竟他是有河名義上的老闆，這本書終究需要他的觀點，才算完整。

然而在一校前，編輯認為本書還需要一篇我的專訪，我立即想到盧慧心。她在開書店前就與我熟識，得知開店想法時她是第一個表達支持的朋友，並且自告奮勇擔任店狗一職（真有這個職缺嗎？），甚至參與了書店的命名。這十一年來她始終陪伴著我們，以一雙人類不可企及的、清澈的狗眼，觀望著有河的興衰，因此，這篇專訪可說是只有她才寫得出來了。

目次

貓即真理

書店

藍色的夢

河況

貓隱

貓咪的名字

為初見的貓咪命名，是一種建立關係的方式，要說是據為己有的企圖也無不可。表面上像是命名者馴服了被命名者，但其實，極可能是相反的，正因為心有所屬、害怕失去，所以，非得給對方一個名字不可。於是苦苦思索，根據牠的特徵和個性，在喜愛的字詞中挑撿，終於，一個名字，從空無中誕生，一頂金色的頭箍，被放在孫悟空的頭上。

從此，命名者和被命名者，都和以往不同了，這是一種許諾，也是互相擁有。《第凡內早餐》裡的奧黛莉・赫本養了一隻橘貓，卻不肯給牠一個名字，因為她堅持雙方都是獨立而自由的，沒有人有資格為對方命名。可是，這只是自欺欺人，當她撫摸貓咪時，仍會柔情地呼喚牠，在片中，這隻沒有名字的貓，象徵了女主角逃避現實、不願面對自我、不敢承擔愛的責任。

我在有河 book 書店十一年，曾為一百三十四隻街貓命名，這些貓生活在淡水河畔及有河書店之間，因此統稱為「河貓」。只要固定來書店吃飯，一段時間以後，我就會為牠取一個名字。此後，牠不一定能留下來，也不一定能和我建立深厚的感情，但是，在我的心裡，每一個名字，都留下了深深淺淺的腳印。

命名的過程非常有趣。初見一隻貓，可能因為牠在門口探頭探腦，所以叫牠「探探」，可能因為牠喊聲如雷，就成了「小雷」。花花的小貓出生時，我覺得叫「小花」就可以了，卻遭到同事的恥笑，他說：「全世界的花貓都叫小花，你就不能想點特別的嗎？虧你還是個詩人咧！」當場我大受刺激，發誓非得想出一個前所未有的名字不可！無奈因為太用力想，反而什麼也想不出來，直到有天晚上，「粉粿」這個名字從夢中浮現了，於是，花花的一胎小貓，全都以「粿」為名。

有些貓不只一個名字，T．S．艾略特著名的《老負鼠的貓經》開篇就寫道：「一隻貓必須有三個名字。」確實如此，詩人並未誇大，我們甚至可以說，愈受關愛的貓便擁有愈多的名字。

比如阿醜，因為常生病改名漂漂，從此就身強體健了；小缺被認養後改名花花；花花被認養後改名美花；背心被認養後改名小紅；咖哩的另一個餵養人叫牠：阿花仔；臭屁仔的另一個餵養人叫牠：大臉黃……又比如甜粿的小名非常多，有小舔舔、油粿、豬頭粿等等，但不知從何時開始，我都叫牠：小豬，只有責罵時才使用本名。

事實上，當我為一隻貓咪命名，那也是我給自己的一個緊箍咒，因為我從此以後，不得自由。因為對貓咪的愛情和責任，都必須是到死為止。但也因為有了名字，貓咪和我（特別是我），才能從虛無中慢慢成形，腳踏實地，擁有了自己的光亮和影子。後來我更發現，其實貓咪們也會為我命名，最明確的例子是有一次漾漾困在民宅裡，我清楚聽見牠呼喚我的名字——在每隻貓咪的口中，我有不同的名字。

貓老大、旋律、瞇瞇眼、菊花、大牛、阿牛、阿乳、臭屁仔、埃達、節奏、歪哥、Shadow、橘子、PUMA、瞇仔、仔仔、小蝦、小米、烏青、仙草、小虎、可可、潑潑、美花、小可、阿芝、大隻、巧克力、大碗、可可亞、鼻鼻、黏黏、醜醜、小芝、粉粿、碗粿、芋粿、大尾仔、小鬍子、油條、薯條、刷刷、小墨、肉腳、小橘、袖子、醬子、釀子、樣子、運匠、阿哉、襪襪、妙妙、探探、秀秀、斑斑、蓓蓓、同同、妮妮、佐助、鹿丸、大蛇丸、小櫻、鳴人、漾漾、糖糖、蝴蝶、粉鳥、發粿、露露、草草、點點、寶貝、阿寶、阿彪、呼嚕、咖哩、海苔、紅豆、綠豆、胖虎、小平安、小缺、金沙、年年、項圈、金針、小木耳、瞇兔、蝦蜜、瞇滷、Hazel、甜粿、米糕、短尾、小斌、苔苔、小夜、小星、逗逗桑、豆比、阿葵、五樣、小威、強強、麵麵、團團、憨憨、球球、阿報、背心、阿嚕米、漂漂、燦燦、中中、金晴、元元、小金靈、小雷、小隱、小亮、小澐、小哲、阿海、繡繡、阿蕊、阿曜、比比、小雙、柑仔糖、金派、金賀、小光、萝露。

阿花仔咖哩

咖哩是一隻三花貓，牠的花色就像白飯澆上咖哩醬，最後再灑上海苔碎片，有些碎片還沾黏到牠的鼻子周圍，我曾誤以為那是鼻屎而想擦掉，於是遭到這位辣妹的利爪攻擊。

咖哩出生於二〇一〇年，剛好是書店裡最多貓的時候，在一大群貓同伴之間長大，雖然俏皮可愛，卻不特別引人注目。二〇一三年，牠被年輕力壯的惡霸貓「苔苔」趕走，此後就改到別的地盤討生活了。

有天夜裡，我正要搭捷運回家，突然看見一位女士正在餵食咖哩，並且無限溫柔地撫摸著牠。我站在遠處看了一會兒，終於忍不住過去搭訕，並介紹自己是咖哩三歲以前的照顧者。

那位女士說她照顧咖哩已經一年了，每天晚上都會來餵食，就算颱風天也一樣，而她給咖哩取的名字是：「阿花仔」（臺語）。聽到這個名字我笑翻了，因為那真的很適合，咖哩確實是又花又三八呀！

此後我就和那位女士保持聯繫，偶爾也會去餵咖哩吃罐頭，或者除蚤。咖哩的地盤有一排行道樹，每次我到達那邊，就會用密語呼喚牠，而牠總是很快從屋頂上或樹上飛奔而來，秒殺一個罐頭，並瘋狂撒嬌，表達牠的思念。

有一次我路過牠的地盤，並未發出任何聲響，卻突然聽見一陣纏綿悱惻的貓叫聲，由遠而近，音量逐漸增強！我驚惶四顧，莫名所以，終於看見咖哩從樹冠上急匆匆跌落至我的腳邊，牠一邊用臉頰磨蹭我，一邊深情凝視著我，我好震驚，完全不明白牠是怎麼認出我的？是腳步聲嗎？是氣味嗎？還是費洛蒙？

此後，我若沒準備食物，必定繞道而行。印象最深的是有個濕冷的冬夜，那天我累得半死，打算盡速趕回家照顧生病的貓，突然看見咖哩瑟縮在屋簷下躲雨，有人走過去時牠就縮到更暗處，期望路人不要發現牠。牠的表情非常苦澀，眼神則望向餵食者的機車會前來的方向，可是，那時才八、九點，牠還要等待三個小時！我站在雨中看了牠好一會兒，那三個小時好像兌換成愧疚的重量，沉重地壓在我頭上，路燈底下的雨絲發出淒冷的光，如箭如針，每一滴都銳利地刺向我的心頭，然後，雨絲和淚水混合起來，模糊了眼前的畫面……

二〇一七年夏天，我和咖哩的餵食者幾乎同時生病了，她必須搬離淡水，我則接下了照顧咖哩的任務。首先將牠抓起來，送到中途寄宿，本來打算送養，然而送醫驗血之後，發現有愛滋和輕微白血，當下立即放棄了，因為還有許多年輕健康的貓都送不出去呀！等送PCR基因檢測的結果出來，確認沒有白血，我就帶回家了。

離開我四年的咖哩，在外認識了許多人，被許多惡貓欺負，如今竟然又回到我身邊，而且完全沒有適應的問題，每天睡覺翻肚又翻白眼，非常安穩，好像牠一直都待在我身邊似的。此後，當我經過咖哩的地盤，仰望那排行道樹，必定會想起那個悲傷的雨夜，然而現在，我可以歡快地笑了。

苔苔老大

二〇一二年某個颱風天，我到書店餵貓，當大家埋頭苦吃的時候，我老覺得貓怎麼變多了？仔細一看，原來出現了新朋友！因為是黑貓，又是颱風天來的，就叫苔苔了。

苔苔當時還是小貓，很多大貓欺負牠，唯獨奶爸型的「甜粿」主動親近，照顧牠長大。一眨眼，瘦弱的苔苔竟長成了威風凜凜的大貓！牠開始報復幼時欺負牠的貓咪們，很多貓因此被趕走，可是，牠依然對甜粿很好。

每次看見牠們卿卿我我的模樣，就覺得好笑！因為苔苔長得太Man了，眼神也凶狠無比，可是，只要一看見甜粿，牠立即回返幼貓狀態，巨大的體型轟然倒向甜粿，嘴裡發出與長相違合的可愛叫聲，兩貓互相磨蹭、舔毛，一起玩鬧。甜粿因為體型小，體力也差，經常在打鬧中不支倒地，疲累不堪，所以不時躲進書店裡休息，任憑怕人而不敢進書店的苔苔，在窗外柔情地呼喚，牠裝睡不理。

這兩貓雖然可愛，卻也可恨透頂，因為牠們經常在書店裡噴尿，書、牆壁、紗窗、玻璃門、書架……到處都是牠們的尿！因此，當我把甜粿帶回家養病時，實在沒勇氣把苔苔也一起帶走。

沒想到，苔苔很快就出現了新朋友，是新來的小母貓：麵麵。和牠一起來的姊妹共四隻，全都是黑貓，大家都怕苔苔，唯獨牠，竟然對苔苔一往情深！初次發現牠糾纏著苔苔，在牠旁邊翻滾、撒嬌的時候，我想應該是發情了，可是，兩貓都結紮了以後，麵麵依然深愛著苔苔，總是緊追在後，形影不離。

苔苔體型太大，行動不太便捷，有時連跳上矮牆都會摔下來。有陣子書店外出現驍勇善戰的大公貓，連苔苔也敗逃，在一次沒命的奔逃中，牠從屋頂破洞掉進書店後方的民宅裡。

有兩天的時間，我納悶著，為何苔苔沒來吃飯？直到第三天，終於在書店後方的空間，聽到一陣哭天喊地的貓叫聲。我往一樓民宅張望了一會兒，確定那是求救的叫聲，於是我穿過樓梯，進入鄰居家後門，果然看見麵麵正在哀嚎著，而牠的背後，就是消失了兩天的苔苔！

苔苔怕人，無法輕易逮捕，幸好牠是個毒蟲，有時沒有貓草，牠連菸灰缸裡的煙灰都嗑。於是我拿出貓草和木天蓼，果然成功勸誘苔苔走樓梯上來二樓，接著再順勢引導牠走到戶外，牠恢復自由了！

當兩天沒吃飯的苔苔歡天喜地、大吃特吃的時候，我看見麵麵非常淡定的，從屋頂的另一邊出現了。這意味著：麵麵是有能力上二樓的，牠扯開喉嚨大喊，完全是為了救苔苔！體會到這件事的我，感動得無以復加！此後，兩貓繼續當超級好朋友，也一起欺負弱小。

苔苔在書店當了很久的老大，可能是任期最久的一位，後來竟被一隻鄰居放養的家貓趕走。我太久沒見到牠，本以為牠已不在人間，然而最近一次去找愛貓的鄰居，他確定苔苔還在，只是無法回到書店而已。牠過去趕走過無數的貓，最後自己也走上同樣的路，這就是貓老大的命運吧？

甜粿小孫孫

我曾餵食並取名的貓超過一百隻，曾帶回家的卻不超過十隻，幾乎都是為了養病。牠們因為對我很熟悉，都沒有適應的問題，尤其是蓓蓓，牠剛來到我家，從外出籠放出來後，居然連躲都沒躲，就站在客廳正中間發愣，臉上寫滿了不敢置信和驚喜，發亮的雙眼，彷彿正不斷地迸射出愛心和小花，牠的模樣彷彿在說：「這是真的嗎？我真的可以住在這裡嗎？」

只有甜粿例外。

甜粿曾因感冒到我家養病，當時牠大吵大鬧，逼得我無法入睡。等牠病好，我迫不及待將牠放回，並發誓：「以後絕不再帶牠回家！」

可是，牠將近四歲的時候，因為口炎而爆瘦，從牙齦、口腔到喉嚨，一路紅腫潰爛，甚至連脖子和臉頰都腫起來了，滿口牙幾乎拔光。醫生判斷牠不僅有口炎和淋巴病變，還有甲狀腺腫瘤。這個診斷讓我無法遵守誓言，還是把牠帶回家了。

抱著安寧照護的心態，我知道和牠相處的時間不長了，所以無論牠怎麼吵鬧——半夜在床腳挖洞、把書架上最厚的書撥下來、跑到我耳邊嚎叫——我都咬牙撐下去了。

奇怪的是，等口炎稍微控制住，牠開始快速長肉，不到半年就過重，再去驗甲狀腺指數，竟已完全正常！可惜驚喜持續不了多久，馬上就出現過敏的問題，牠不斷舔舐自己的身體，尤其腹部和大腿，導致破皮且傷口感染。看過許多醫生，吃了過敏藥和處方飼料，都沒有進步。

接著又爆發膀胱炎，同樣看了好幾家醫院，都治不好。當時在不同醫院照過三次超音波，都顯示牠的膀胱很乾淨，所以醫生認為是心因性的，牠身上的傷口不是過敏，而是自殘，這表示牠在我家是多麼地不快樂……這樣的診斷，讓我好絕望。

與此同時，我自己的年度健檢報告也出來了：癌症復發。這兩件事同時降臨，對我來說真是天大的打擊。我自己的病或許沒那麼緊迫，可是每天看著甜粿不斷地蹲貓砂尿不出來，痛苦、悲鳴，把砂撥得滿地都是，家裡的地板有如沙漠一般……我幾乎失去了求生意志，完全能夠理解，為什麼會有那麼多父母帶著孩子燒炭自殺，因為真的是走投無路啊！

終於我的朋友看不下去了，帶我們去看貓的中醫。甜粿來到新的醫院，先進的超音波機器馬上照出來：膀胱裡滿滿的砂！這表示牠是因為不舒服而舔舐腹部，不完全是心因性的。但重點是，為什麼之前在別家醫院卻照不出來呢？

這時我才恍然大悟：從甲狀腺腫瘤開始，一直到過敏，還有心因性膀胱炎，全都是誤診！

之後開始吃中藥排砂，再加上導尿，治療過程也很悲慘，愛乾淨的牠變得到處亂尿，走到哪裡尿到哪裡，甚至半夜爬上床，尿在我手上……但最後總算慢慢痊癒了，我也因此終於，回復了人形。

如今，牠到我家已四年了，雖然又出現了哮喘的毛病，看過許多醫生，始終無法根治，自殘的習慣也一直改不了，但幸好牠已習慣居家，每天晚上睡在我臉上，不時舔一舔我的臉，儘管很痛，卻也甜蜜，因此牠有個綽號叫：小舔舔。

當貓奴遇見鼠王

前陣子發生老鼠大鬧捷運事件，那隻老鼠不過十公分大，居然能在瞬間瓦解文明的秩序，那節失控的車廂照片，簡直就像命案現場（有打翻的紅色飲料）。可是說真的，如果換作我在現場，恐怕也好不到哪兒去，因為我最怕的東西就是老鼠了，我想是因為有過幾次恐怖的接觸吧？比如在廚房流理臺底下挖出一窩惡臭的脫毛死老鼠，牠們甚至將廁所裡用過的衛生紙拖去當裹屍布；或者夜裡被尖叫聲吵醒，睜開眼便看見皎潔的月光下，兩隻瘋狂交配的肥大老鼠……真是噩夢啊！

沒想到後來開了書店，餵食街貓之後，竟收到了許多貓咪送的禮物，而其中最豐盛的大禮，就是老鼠！我第一次收到老鼠時真是魂飛魄散，不僅把玻璃門關起來，不讓貓咪進門，甚至連鐵門也想拉下來，書店提早打烊算了。可是後來，貓咪帶了愈來愈多老鼠過來，我終於因為同情而逐漸減少了恐懼，但也沒想到有一天，我居然救了一隻老鼠。

那天，我看見三隻貓圍著一隻小老鼠，牠顯然還是幼兒，頭和身材的比例大約是三頭身，水汪汪的大眼配上粉紅鼻子和腳爪，貓咪們每次用爪子碰牠一下，牠就發出驚恐且高頻的「唧」一聲！貓咪們全都眼神發亮、激動不堪，但下手卻很輕，似乎也明白牠只是個孩子，無法痛下殺手。我沒有多做考慮，立即轉身取來掃把和畚箕，將小老鼠帶到安全的地方放掉。

但是在我有幸（或不幸）認識的老鼠之中，印象最深刻的還是一位老鼠大王。有天晚上，我到外面巷子餵貓，在隱蔽處放好貓糧和水，那天還特別放了摻入營養品的罐頭，因為有隻貓狀況不好，需要進補。過一會兒我又繞回去，發現貓咪們居然沒在吃飯，全都愁眉苦臉的，站在距離食物一公尺之外發傻，我覺得奇怪，趕緊過去察看。

放食物的位置幾乎沒有燈光，我隱隱地看見大碗的旁邊有一個小小的身影，那模糊的黑影，不太像我熟悉的構造，好像頭比較小，嘴巴比較尖……這時，我心裡出現不祥的預感，有點想乾脆掉頭逃走，可是，當我想到高級罐頭和昂貴營養品的時候，又覺得不能放棄，一直走到非常接近的時候，終於確認了：那真的是一隻老鼠！很大！差不多像五個月的小貓那麼大！我頭皮發麻、兩腿發軟，但是為了貓，我還是勇往直前，試圖把牠趕走。

老鼠對於我的逼近略感不安，一度想逃，可是顯然放不下眼前這碗美食，牠猶豫片刻，居然再度津津有味地吃了起來。我看到牠老兄把兩個小爪子擱在碗的邊緣，一邊吃，一邊搖頭晃腦，露出陶醉其中的表情，彷彿正在讚嘆著：「噢，我這輩子從未吃過這麼好吃的食物！」

後來我又見過牠一次，這次因為是白天，看得很清楚：牠體型碩大，身上滿是傷痕，卻又一派從容，完全沒有過街老鼠的猥瑣樣。在牠身後不遠處，有隻貓正緊張兮兮地尾隨牠，貓咪匍匐前進、搖擺著屁股，那往前衝刺的預備動作做了好久、好久，結果還是不敢撲上去，最後，貓咪落荒而逃了！真是明智的決定。

從恰北北到深情蓓蓓

某夜，書店打烊後，我走下一樓、關上鐵門，正打算回家，卻看見我餵食的一隻美麗玳瑁貓「潑潑」從夜色裡竄出，對著我喵喵叫，一副攔路申冤的模樣。牠一邊叫著，一邊往某個方向移動，還回頭看我是否跟上。我感覺其中必有蹊蹺，就跟著牠走，一直跟進一條巷子裡，突然，五隻哇哇叫的小貓從暗處蜂湧而出，全是玳瑁和三花！

五姊妹一字排開，就像印表機逐漸缺墨水一樣，從顏色最深的玳瑁開始，一路排到以白底為主，點綴少許橘虎斑的三花。看著牠們身上的奇妙花色變幻，我對潑潑和造物主同感讚嘆！可是，當這五隻剛斷奶的小貓對著潑潑大叫、索食的時候，潑潑無奈地轉頭望著我……於是，我接受了牠的委託，每夜到巷子裡餵小貓。這五隻貓裡面，有兩隻特別凶悍，會搶姊妹的食物，因此我叫牠們：恰恰和北北。（恰北北：臺語的凶婆子。）

小貓逐漸長大，有些就莫名消失了，可是有天，北北竟然出現在書店的露臺上！我大吃一驚，趕緊叫住牠，牠愣了好幾秒，用那張花得看不到眼睛的臉呆望著我，終於牠頓悟了：「原來那個每晚帶食物來的貓奴，就住在這裡！」牠激動地奔過來磨蹭、撒嬌，滿口嘮叨，意思是說：「住在這邊也不早講，我找你找得好苦哇！」此後牠就留下來了，改名為：蓓蓓。

我身邊有一大堆愛撒嬌的貓，冬天的時候，腿上、背上，有時連頭上，都是來取暖的貓。可是只有極少數，夏天還會跳到腿上來，蓓蓓是其中之一。在我看來，這可以當作判斷貓咪深情與否的標準。

毫無疑問，蓓蓓非常深情，更特別的是，牠對人和貓都深情。牠曾愛戀著書店的貓老大：金沙，可是非常羞怯，並不死纏爛打，總是維持在三步之外的距離，深情款款地凝視著牠。只要是金沙踩過的地面、磨蹭過的牆角，蓓蓓亦步亦趨，對於牠留下的每一絲氣味都要細細品嘗一番，那模樣實在太逗趣。只可惜金沙很早就過世了，帶著牠的骨灰罐回去書店裡，蓓蓓也對著那金色的罐子嗅聞了好久。

後來甜粿因為養病到我家，牠很不開心，養成了自殘的習慣，我開始想在群貓中挑選一隻個性溫和的，帶回家和甜粿作伴，蓓蓓也在考慮的名單之中。但就在我遲遲無法決定貓選的時候，蓓蓓跛腳了！帶牠去醫院照X光，顯示沒有骨折，於是我就把蓓蓓帶回家養傷。我想，這就是命運的安排吧？

起初甜粿完全不能接受，每天追打、怒罵，但是蓓蓓毫不在意，對於可以居家，牠滿心歡喜。沒想到，蓓蓓居家四個月後，甜粿爆發了膀胱炎，醫生說極可能是因為新來了一隻貓，壓力太大造成的。當時我已下了決定，要將蓓蓓送到貓中途去！可是，每次當我看著蓓蓓的臉，看著牠那麼喜歡當家貓的模樣，實在無法將牠送走。

幸好不久之後，甜粿病情好轉，和蓓蓓的感情也好轉了，兩貓開始會互相理毛，甜粿甚至會主動把頭靠過去讓蓓蓓舔，有時我要親甜粿的頭，發現那上面已是滿滿的口水……

我想，是蓓蓓的深情，治癒了甜粿吧。

辣妹潑潑

二〇〇八年春天，我餵養的街貓集體消失，那時我非常痛苦，在小巷裡四處尋找，結果沒找到失蹤的貓，卻發現了一隻母貓帶著兩隻小貓，後來取名：巧克力、潑潑和花花。

當時我最喜歡的是花花，牠身上的花紋像白底配上橘色和虎斑的拼花布，親人又可愛。相對來講，玳瑁色的潑潑則像是全身被潑了墨汁一般，連表情都看不清，而且一靠近就會哈氣，很不討喜。

可是有天，我卻夢見潑潑來到書店了，幾天後，這個夢成真，過程幾乎和夢境一樣：潑潑在隔壁屋頂上猶豫了好久，我不斷鼓勵牠，終於牠鼓起勇氣，一躍而上，正式成為店貓。

儘管如此，潑潑還是不信任我，隨時都保持警戒，甚至會攻擊我。我猜想牠可能看不慣其他貓對人類獻媚的模樣吧？因此我也尊重牠，覺得牠很酷。可是有一次我埋頭開罐頭，突然就被牠抓傷，手背上噴出了鮮血！那一次我還是生氣了，也因為這樣，始終和牠保持距離，無法傾心以對。

二〇一〇年，我開始給街貓結紮，生養過許多胎的潑潑首當其衝。花花是徒手就可以抓到，潑潑則必須用誘捕籠。聰明絕頂的牠，進去籠子裡把誘餌吃掉，卻避過機關，全身而退，如此重複了好幾次，我差不多要放棄了。但有一天，牠吃完籠子裡的食物離開之後，突然又繞了回來，直直地走進籠子裡，並踩下踏板，閘門砰然關起！那情況簡直就像牠是經過思考，然後自願進籠的！

兩姊妹結紮後，親人的花花留下來，潑潑繼續哺乳小貓一陣子，之後似乎是被早該斷奶的小貓糾纏，於是決定離開書店，到別處討生活。儘管我和潑潑並不親近，可是無法棄牠於不顧，所以從那時起，我一直在外餵食，從未間斷。

二〇一三年，我生病了，必須馬上開刀，在手術前我費盡心思，做好各種安排，潑潑也拜託朋友餵食。

我永遠記得，我要住院前去餵潑潑的那個晚上。我蹲在地上將罐頭拌入一些營養品，突然感覺身後有毛茸茸的東西，轉頭一看，竟然是潑潑！牠在對我撒嬌！接著，牠將身體蹭向我的手，我順勢就摸了牠，從頭臉一路摸到屁股，牠發出喜悅的叫聲，並在地上翻滾了起來。

餵牠這麼多年，我從未指望能摸到牠，這時突然得到了牠的信任，而且是在我最脆弱的時刻，我不禁感動得淚流滿面……此後，牠才真正地完全信任我，我們也逐漸發展出深厚的感情。

可惜好日子不長久，二〇一五年春天，鄰居告訴我，有人發現一隻玳瑁貓倒臥在路邊，應該是車禍，已經請警察收屍。聽到這個消息，我在巷弄間尋找，不斷以密語呼喚潑潑，然而，牠不再出現了。

我不斷回想最後一段時間和牠相處的情況，我想起牠常想繼續撒嬌，我卻總是急著離開，我責怪自己，為何沒有多陪牠？直到最後，甚至沒有機會道別，也無法替牠收屍……這些念頭糾纏我好一陣子，我非常痛苦，並且深深地感覺到，對於每一隻深情的貓，我只有永遠的虧欠。

從花花到美花

二〇〇八年春天，花花在姊妹潑潑之後來到書店。當我第一次看見牠出現在隔壁屋頂上的時候，只呼喚了一聲，牠就像通電一樣，立刻邁開白嫩的短腿，飛奔而至！那驚人的速度，十年後仍歷歷在目。

成為店貓以後，牠很開心，每天跟前跟後，撒嬌個沒完。我第一次收到禮物，就是牠送的。要知道貓咪送禮，程序是很嚴謹的：首先抓到一隻飛蟲，小心地將翅膀撕掉，然後咬著這個扭動的東西來到我的腳邊，輕輕放下，最後必須抬頭凝望著我。即使沒有經驗，我也立刻就理解了：天哪，這就是貓的禮物！於是我開心地向牠道謝，牠確認我收到之後，才滿意地離開。

花花算是弱勢的貓，曾被其他貓趕走過幾次，我在外面餵牠好一陣子，有時還看見牠在翻垃圾桶，好悽慘。但也不知為何，十年後，我身邊的貓走了好多、好多，什麼狀況都有，反而是弱小的牠，奇蹟似地一直存在。

牠大約八歲的時候，個性出現大轉變，就像是一步跨越了少女和大嬸的界限似的，本來拘謹的牠，突然放鬆了，每天張開腿、翻出肚子，在眾目睽睽下呼呼大睡。

二〇一七年夏天，我因病而決定將書店收起來。說真的，我早就想關店了，之所以繼續苦撐，完全是為了這一群依賴書店而生存的貓，尤其是幾隻親人的貓，無論如何都希望能幫牠們找到家。

於是我跟醫生約好，將治療時間延後，便開始了貓的送養。我將這些貓的照片和資料整理好，廣貼於網路上，還排出最適合當家貓的名次，第一名是花花，第二名是漂漂……等等。

可是，花花已將近十歲了，體檢結果雖然大致良好，但心臟和胰臟已經開始老化，這些我都在送養資訊中寫得很清楚，因為必須是理解所有情況還願意認養的人，才是正確的人。

可想而知，以花花的條件根本乏人問津，可是，就在我打算放棄的時候，一對養貓經驗豐富的夫妻朋友決定收養！而那也是好到不能再好的人選，在我人生最愁慘的時刻，能有這樣的幸運降臨，對我真是莫大的鼓舞。

花花的表現也很有趣，每次送牠到醫院或到中途之家，牠都很不高興，擺出一張臭臉，可是那天要前往新家的時候，隔著外出籠，我跟牠說我們要去新家了，新家非常理想，絕對完美！沒想到我一講完，牠就不斷地用臉頰去蹭籠子，還躺下來翻肚子，開心得不得了！

到了新家，我馬上跟牠的主人說花花一路上非常開心，熟諳貓性的主人露出一臉「怎麼可能」的表情，可是，接下來的情況讓他們相信了：花花走出籠子，省略了一般貓到陌生環境都會躲藏的習性，篤定地走進主人為牠準備的窩，並且在睡墊上沒完沒了地踏踏，那白白短短的腿，和一臉滿足的模樣，讓眾人讚嘆不已。

那時起，牠改名美花，還得到了一首主題曲：「美花、美花滿天下。」幾天後，牠的主人傳訊息給我：「好奇怪，我感覺美花已經跟著我們十年了，好像這十年來，牠一直都在這裡，從來沒有離開過。」

剪刀找貓法

剪刀找貓法，據說是一種非常靈驗的奇門遁甲術，用來找尋失貓非常有效。多數貓友都曾聽過，也都不以為然，可是，萬一哪天家貓真的走失了，飼主到處尋找卻無結果，大概每個人都會抱著寧可信其有、試試看也沒壞處的想法，姑且一試。就連我這麼鐵齒的人，也曾試過兩次。

其實我照顧的是街貓，牠們走失是很尋常的事，通常我只會到附近察看一下，詢問愛貓的鄰居，如果真的不見了，也無可奈何，畢竟街貓的命運就是這樣。可是有一次，小星連續兩三天沒來吃飯，我非常擔心，因為牠出現上呼吸道感染症狀，已就醫拿藥，我相信牠一定是病情惡化了。

到牠慣常出沒處找了幾次之後，我便想起了剪刀找貓法，雖然心裡犯嘀咕，可是也沒別的辦法。於是我就按照網路上的解說，在爐灶上擺起了剪刀陣。網路上說，剪刀的開口，代表在宇宙中設下一個箭頭，指引貓咪回家的方向。我考慮了一會兒，覺得小星應該是從門口回來，於是將開口朝向門，可是書店裡根本沒有灶，只能將就著擺在微波爐上。

神奇的事發生了！在擺下剪刀陣的第二天，小星居然就出現了，而且真的是從門口的方向現身！我永遠記得牠當時的模樣：勉為其難地跳上二樓矮牆，可是一臉困惑，彷彿不解自己究竟是被哪種力量召喚而來。當時牠因為鼻涕又多又濃稠，鼻頭上還黏著一片樹葉呢。

我立刻將牠逮捕就醫，事後才想起：我忘了向灶神道謝！一直等到小星痊癒出院之後，我才抱著牠，繞微波爐三圈，鄭重地向灶神道謝，完成了這個儀式。

第二次擺陣是為了樣子。牠消失的原因可能有二：第一是隔壁老屋拆除，牠太胖上不來；第二是鄰居放養的家貓非常凶悍，把樣子趕走了。我到外面餵食一陣子之後，就沒再見到牠，所以又擺下了剪刀陣。這次我把剪刀的開口朝向窗戶，因為那是牠較常出現的方向。

大約過了五天之後，依然沒見到樣子，正在考慮是否撤掉的時候，我走到窗口往外一看，突然發現樣子竟然站在屋頂上！牠的表情有點莫名所以，似乎不明白自己究竟在做什麼。牠的一隻腳往書店的方向移動，另一隻腳卻往離開的方向移動，我看著牠被自己不協調的兩隻前腳所困，在原地踏步了老半天，真的要用盡全力才能不笑出來。終於我忍不住呼喚牠，牠震驚地望著我，接著竟然逃走了！

看到這一幕之後，我認為牠不回來的原因，應該就是畏懼鄰居的貓了。無奈中我走向微波爐，一時未經思考，就對著剪刀說了極不敬的話：「灶神，我看祢的能耐也只到這裡了吧？」講完我立即感到很抱歉，趕緊向灶神道歉。

這天之後，樣子雖然沒有回來，卻再度出現在外面餵食區，這樣就不能算是走失貓，所以我就撤了剪刀陣，並且跟灶神道歉與道謝。這一次擺陣其實也算是成功，我絕對相信灶神已盡了全力，只是遇到了扶不起的阿斗。

阿醜變漂漂了

漂漂剛開始是一樓店家餵養的貓，牠瘦小、尖臉、小眼睛、毛色亂七八糟，就連走路的樣子都很僵硬，鄰居和我不約而同給牠取了類似的名字：醜醜和阿醜，後者是臺語發音。

漂漂大約一歲來到書店，一出場就氣勢驚人，牠霸占了最好的位置，打爆全書店的貓，卻又很會對人撒嬌。牠最擅長的一招就是：突然倒在人的腳邊，超高分貝鬼吼鬼叫！牠的聲音帶有捲舌和發自喉嚨的顫音，簡直像是西班牙語系結合了蒙古的雙喉音，每次一有人摸牠，那顫音就提高一階，那種奇妙的發音方式，讓人驚嘆不已。

有天，一位朋友說牠長得很像非洲鬣狗，當下我震驚了，真的是太像了！但自從這個比喻出現之後，牠的形象就被限制住了，我再也無法以別的方式看待牠。總之，每天看著這隻醜貓神氣活現的模樣，久了以後我竟然有點動搖，開始懷疑牠其實是很美的，只是人類的審美觀太落伍。

後來因為牠病了好幾次，我帶著牠疲於奔命出入醫院，一樓老闆娘建議改名，說可以改運。我雖然半信半疑，但根據以往經驗，貓咪若取了帶有負面意涵的名字，確實都不太好，所以就改名為：漂漂。這下真是不得了，牠身體真的變強壯了，簡直就像是牠不接受之前的名字，逼我們給牠換一個似的。

書店決定歇業之後，親人的漂漂當然也在送養名單上，而且被我列為適合居家排行第二名，只是很難想像，誰會領養一隻醜貓呢？相較之下，排名第三的漾漾就真的是美貌絕倫了，只是，漾漾沒那麼親人，所以被我排在第三名。

意外的是，漂漂還真的找到了認養人！因為牠對前來看貓的客人瘋狂撒嬌，即使人家本來不是要看牠，卻被牠電暈了，很快就決定領養牠，我開心得不得了！

只可惜，這次我完全猜錯，漂漂始終不能適應新家，總是躲藏起來，甚至整夜嚎叫，我去探望牠，也覺得牠悶悶不樂。可是，情況似乎也沒那麼糟，畢竟能吃能睡，主人也很努力，能做的都做了，因此我心裡總是期待著，或許只要再一點點時間吧？

就這樣一直拖延下來，直到有一天，主人發現牠身上多處脫毛，送醫後，醫生判斷牠得了憂鬱症，不僅扯掉自己身上的毛，連牙口都變爛了！知道這件事之後，我不再猶豫，隔天就帶牠回家。

誰想得到，漂漂來到我家之後，完全恢復成在書店裡的德性，霸占最好的位置、打爆我家的貓！家貓生氣不吃不喝，重病一場，再加上打架，漂漂的眼睛被抓傷了！這些傷病貓加起來，一天總共要塞十五顆膠囊，點三劑眼藥，還要灌食。好不容易病情稍歇，漂漂又吐出了滿口的蛔蟲，全家的貓都要驅蟲……就這樣，我再次疲於奔命，可是，一切都很值得，因為，漂漂再次開心了起來，身上的脫毛也很快長齊。

很明顯的，這是一隻有主見的貓，不僅要爭取自己的名字，而且還賴定我了。

樣樣好的漾漾貓

書店決定歇業是二〇一七年七月的事，可是早在一月份，我照顧的一群街貓就出現了即將凋零的警訊，先是隔壁拆除老屋，有些貓因此無法上二樓。春天，女王小缺驗出貓瘟，痊癒後被收養。到了夏天，老大苔苔和許多貓，被一隻鄰居放養的家貓趕走。夏秋之間，幾隻親人貓陸續到達新家，小星也送到中途之家……書店的貓口銳減。

那段時間，我忙碌不堪，待在書店的時間變得很少，習慣圍繞在我座位旁的貓咪們發現我不在，大多吃過飯就跑了，只剩下漾漾。以前每次開門都有一堆貓蜂擁而入，現在竟只剩下漾漾，那情況真是太心酸了，我不禁想起紅樓的結尾：我想那白茫茫一片真乾淨，有可能是因為淚水模糊了視線。

漾漾長得眉清目秀，舉止也比其他貓優雅，所以我一直以為牠是女生，總是叫牠：小美人，儘管後來發現了牠的蛋蛋，也沒改口。回想起來，我們真正建立起感情，應該是從牠小時候受傷那段時間開始。那時牠被我關在書店後面的浴室，為了讓牠安心養傷，我給了牠無限多的美食，從小貪吃的牠感到很滿意，所以被囚禁的日子也很乖巧。

有天，我看著牠被關了那麼久，又戴著頭套，無法清理自己，覺得很可憐，突然，我就像母貓一樣開始舔牠的額頭，牠在第一時間的震驚過後，居然露出了欣喜的表情，所以後來我沒事就會親親牠、舔舔牠，直到牠長大以後依然如此。

漾漾不像牠同胎兄弟糖糖一樣愛撒嬌，事實上，似乎每次撒嬌都是為了討罐頭，我曾因此覺得牠很現實。可是，書店最後一段時間，牠不太一樣了，應該是察覺到情勢有變化，所以每次看見我，就瘋狂地撲上來，磨蹭、翻肚，發出可愛的聲音，好像有千言萬語要對我訴說。

當然我也是。我常常摸著牠，跟牠說：「對不起，我沒辦法繼續待在這裡照顧你們了，但是接手書店的人會繼續放飯，你不用擔心，以後要自己照顧自己，我會想念你們的……」每次對漾漾說著這些話，我都會痛哭流涕，直到無法呼吸為止。

因為牠是如此依賴書店，我如果把牠留下來，那和棄養有什麼不同呢？可惜漾漾太怕生了，雖然有人來看牠，卻始終找不到合適的認養人。直到最後幾天，我已經放棄繼續送養了，而哭泣則讓我長出了針眼。

終於，我的好友為了我的健康著想，挺身而出！表示願意收留糖糖和漾漾兩兄弟，等於是居家繼續送養。朋友認為糖糖是愛滋貓，如果繼續當街貓會非常辛苦，但是糖糖和漾漾從小一起長大，感情很好，如果只帶走糖糖，那漾漾實在太可憐了！

漾漾花了很長的時間才適應居家生活，剛開始我去探望牠，牠總是不停對我撒嬌，可是隨著逐漸適應，牠對我的態度也就愈來愈冷淡，到最後簡直像是不認得我了。雖然不免有點心碎，可是沒關係，能忘記過去、享受新環境是最好的，過去的事，我一個人記住就可以了。

最愛的貓

身邊有許多貓的人，很難說出哪一隻才是最愛，當然我也是如此，在不同時期，有不同的答案，唯一能確定的大概是：「病得最重的貓，就是我最愛的貓。」可是，如果在某段時間裡，恰巧所有的貓都健康完好，這時我最愛的會是誰呢？答案是：糖糖。

出現這個答案，朋友們都很驚訝，因為糖糖不算漂亮，混到一點暹羅血統的牠，不僅鬥雞眼，白毛也總是髒兮兮的，臉甚至有點像狗，勉強只能算是有特色而已。而我也很難解釋愛的理由，只能說：「因為我和糖糖心靈相通。」

這次因為書店歇業的送養，糖糖完全無人聞問，主要因為牠是愛滋貓，而且已經七歲了。那時我當然是痛苦不堪，幸好，在書店營業日的最後一天，朋友表示願意收留糖糖和漾漾，讓牠們居家繼續送養。得到這個大好消息的當天，漾漾照舊整天都在書店裡睡大頭覺，糖糖卻遲遲不來，一直到傍晚才出現。

糖糖來的時候，我很認真地跟牠說明這個計畫：「你們即將成為家貓，要去一個很好的地方，不再流浪，可是你要答應我，明天中午就要來到書店，這樣我才能把你們兩兄弟一起帶去新家，好嗎？」

我很認真地說了好幾次，因為當書店交接之後，我要去外面抓貓是非常困難的，而且我已經開始接受治療，深怕體力不夠。那天晚上我失眠了，心裡一直擔心著，覺得糖糖不可能中午就來，因為牠的眼珠是淺藍色的，有點畏光，一直以來很少在中午出現。

第二天中午，我看見陽光大好，心裡更擔憂了。但是從醫院治療結束回到書店時，一開門，糖糖竟然正在等我！牠那雙淺藍色的鬥雞眼，篤定地望著我。我大喜過望，極力稱讚牠，接著馬上開罐頭、吃木天蓼，並拍下兩兄弟當街貓的最後身影。

等約定時間一到，我要抓貓的時候，兩貓還是依照求生本能逃跑，在門窗緊閉的書店裡追逐一陣之後，我有點擔心自己的傷口，於是我冷靜下來，再跟糖糖講一次要去新家的事，牠馬上安靜下來，乖乖讓我塞進籠子裡。

即將到達新家前，在車上，我和牠們的新貓奴都看見了：兩道清晰無比又美麗絕倫的霓虹，高掛在天空之中！我們都好感動，相信這一定是上天的祝福。

第二天我又去看牠們，這個步驟主要是讓牠們知道，自己並未被遺棄。和兩兄弟甜言蜜語之後，我突然覺得應該幫忙清貓砂，可是才鏟了一下，我就不敢置信地停手了，因為，從砂盆中挖出的尿塊，竟然是一顆碩大而完整的愛心！

糖糖很快就適應了新家，牠穩定的表現，讓人覺得牠真的是完全理解並接受了我們的安排。相反地，漾漾卻像是遺傳到爸爸「樣子」的神經質，一直躲藏起來，幸好糖糖很溫柔地照顧牠。

牠們的新貓奴和我都覺得，糖糖是可以溝通的，這樣的貓很少見。但我希望以後別再遇見這樣的貓，因為貓奴已老，承受不了太多的愛和離別。

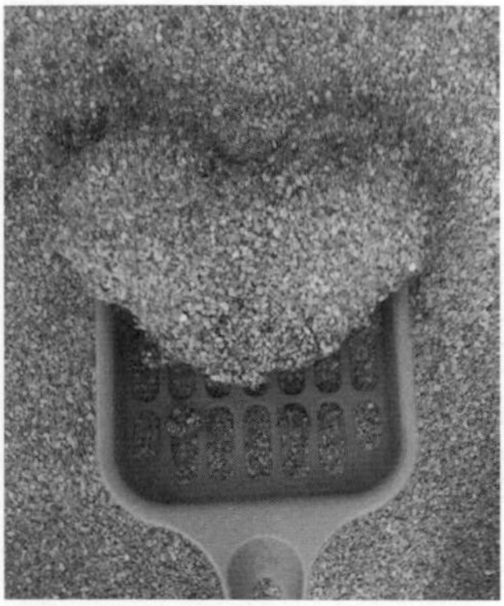

貓的緣分

我送養貓的經驗不多，原因是人手不足，另外則是我始終懷疑，家貓是否真比街貓幸福？可惜這疑問永遠無解。只是在少數幾次送養經驗中，似乎還真能感覺到有一條緣分的紅線，牽繫著人和貓。

我第一隻送養的貓叫金針，牠因為被捕獸鋏所傷而截肢，變成了三腳貓。牠是愛滋貓且不親人，我根本不抱希望，沒想到，就是有人被牠的照片所吸引，即使那是一張怒視著鏡頭，臉上髒兮兮的照片。更意外的是，金針居家後還真的轉了性，變成愛撒嬌的小可愛，和主人成了天生一對，整天在網路上放閃。

另外有一次送養，我承認是有點草率，只因一隻新來大公貓叫背心，牠非常親人，卻霸凌所有的貓，把我恨得牙癢癢的，就把牠送給了朋友的朋友，是一位資深護理師。送養後改名小紅。牠到新家一段時間以後，我去探望牠，從主人告知的資訊，以及當時看到小紅的舉動中，我察覺到牠想傳達一個訊息：「我不想當家貓，我想要自由！」那天回家後我心裡鬱悶難解，懷疑自己是否做錯了？

值得安慰的是，至少小紅和主人非常親近，我心裡的困惑也就逐漸減輕。不久，主人告訴我，她聽出小紅有心雜音，送醫檢查，確定真的有心臟的問題，已開始吃藥了。我大吃一驚，再怎麼樣也想像不到，居然有認養人具備這種特殊技能，可以提早發現貓的病徵！更驚人的是，主人還一派輕鬆地說：「心臟問題我很熟啦，我家什麼沒有，氧氣筒最多。」

至此，我已完全相信他們是天生一對。後來他們搬家到山區，剛搬去不久，家人開門時不小心讓小紅溜了出去！主人毫不氣餒，當天晚上就出去尋找，天亮前就找了回來。主人告訴我，發現小紅的時候，牠在廢墟裡非常快活，還交到了新朋友！為此她很猶豫，不知將來是否應該放養？因為很明顯地，牠在外面比較快樂。一般情況我都會反對家貓放養，可是因為我曾感受到小紅對自由的渴望，而且主人保證山區很安全，所以我也就不置可否。後來牠真的成為放養的家貓，自由出入，但是每天都會回家睡覺，我想這或許對牠是最好的結果吧。總之，我不再擔憂牠的幸福，因為牠已找到了命定中的那個人。

其他的「配對」也都很有趣，比如嬌小漂亮的繡繡，主人也是兩位同類型的女孩，人貓合照看起來，根本就是姊妹啊！繡繡的美女姊妹阿蕊，我送牠到新家時突然發現，新家原有的那隻黑白公貓，和牠根本是夫妻臉！同樣是白底中分頭（斑紋在臉上分開），而且鼻子旁邊都有一塊色斑，落點相同，表情也頗神似，後來牠們感情果然很好，這也算是命運的安排吧？

我送養的貓唯一退養的只有漂漂，我永遠無法知道牠為何不接受新家，只能猜想或許長得像非洲鬣狗的牠，不喜歡年輕貌美的小鮮肉，卻獨鍾像我這樣年老色衰的腐肉吧？嗚呼！如今就算我想剪掉這條紅線也沒辦法，只能認了。

巨貓的樣子

樣子是可可亞的小孩，二〇〇九年，這位偉大的母親把剛斷奶的一胎小貓帶到書店，自己就一走了之。等於把書店當作吃到飽餐廳，把我當作托兒所所長。四隻小貓取名：袖子、醬子、釀子，最後出現的一隻白底灰虎斑，身材比兄妹大很多，樣子也長得特別好，所以就叫做樣子了。

誰知樣子的膽量和身材不成比例，就連一片落葉掉下來，都能把牠嚇得魂飛魄散，每年淡水廟會，牠都會因為鞭炮噪音而消失好幾天。更慘的是，牠經常被新來大公貓霸凌，甚至被趕走好幾次，只能在外餵食。

儘管讓人不放心，牠終究還算是書店裡吃喝睡覺的固定班底，吃飽睡、睡飽吃的日子過了幾年，牠的身材變得更加壯碩逼人。一位朋友看見牠從窗口進來，忍不住驚呼：「天哪！這隻貓已經大到超越了我們對貓的想像！」另一位朋友的評論更直接：「你養的不是貓，是迷你豬。」

二〇一七年一月，隔壁拆除老屋，牠成了第一隻無法上二樓的貓，我又開始了每天在外餵食的生活。七月，書店決定歇業，樣子也在送養名單上，可是牠已經八歲，又是愛滋貓，根本無人聞問，只能拜託接手書店的朋友照顧。

十月底書店歇業，多數親人貓都送養或去了中途之家，接手書店的朋友也都會傳貓咪前來吃飯的照片給我看，我終於能安心地接受治療。可是，接近年底的時候，我心裡不斷出現樣子的身影，甚至有兩次夢到我把牠帶回家！夢境清晰無比，導致我醒來的時候完全相信：牠真的已經在家裡了。有天到牠棲身的廢墟去找牠，牠對我發出悲鳴，聲音淒厲到連鄰居都出來察看。

於是，我又開始了思念與流淚的日子。我最大的憂慮來自家裡的甜粿，牠一直有自殘和各種焦慮症狀，問題是以前當街貓時，牠最怕的就是樣子！我怎麼敢冒險把樣子帶回家呢？可是，我就是放不下牠，該怎麼辦呢？如此糾結了好久，終於，我再也無法繼續理性評估，在跨年的那一刻我許下心願：把樣子帶回家！

二〇一八年一月初，寒流來襲，我趁著深夜冷雨無人，帶著心不甘情不願的室友一起去抓牠。但因為太久沒來，用密語呼喚了好一陣子仍不見貓影，室友催促我該回家了，但我還是繼續呼喚著，終於，明顯瘦了一圈的牠，從遠處的高牆上緩緩走了過來，臉上帶著一點遲疑，直到確認是我之後，牠才猛衝過來撒嬌，將我蹭倒在地。

把牠帶回家之後，可能因為有段時間沒吃飽，牠暴飲暴食導致腸胃炎，後來迅速發胖，半年多體重就從6.7增加到8.7，迷你豬重現江湖。

意外的是，儘管高大帥氣，我家全部的母貓卻都討厭牠，唯獨花美男甜粿喜歡牠。牠常常躺在樣子身邊，或者若無其事走過，突然把頭湊過去讓樣子舔牠，滿滿的愛意藏不住啊！

直到這時我才放下心來，儘管仍有許多遺憾，但是書店歇業的後續工作，總算是全部完成。至少，我敢說自己已經盡力了。

那些被留下來的貓

打從開書店並餵食街貓之後，我最大的恐懼就是：如果有一天，我必須和這群貓分離。在開書店的十一年間，我做了很多努力，都是在避免這一天的到來。二〇一三年我生病，手術後我選擇回來，繼續照顧牠們。然而四年後，舊疾復發，開店壓力也到達了極限，我再也無法過這樣的日子，於是，我終究還是選擇了離開。

下決定之後，巨大的悲傷幾乎將我撕裂，可是，歇業前的三個月，有許多事要處理，我不能沉浸在自己的情緒中，所以我做了一件從未做過的事：將情緒的開關緊閉。除了眼前的事，我不關心其他的，不感受、不寫作，徹底變成一個麻木的人。

可惜雖然累得半死，這三個月送出去的貓只有阿蕊和美花，小星、糖糖和漾漾送到中途之家，繼續送養，我家裡則帶回了三隻，剩下大約還有十隻，可是我已盡了全力，無法再安置任何一隻貓了。那些被留下來的貓，大多不親人，或者並不那麼依賴書店，我也只能固定買貓食，拜託新書店和一樓鄰居照顧。

在這些貓裡面，最依賴書店的應該是寶貝和小哲。寶貝原本有列入送養名單，也有人詢問，可是牠其實不常待在書店，即使有人想來看牠也看不到，後來我就放棄送養，牠算是我最愧對的一隻貓。可以這麼說，如果我的人生有一條分界線，那就是斷裂在寶貝和樣子的中間（樣子是最後一隻被帶回家的貓）。

事實上，我曾錯失了兩次送養寶貝的機會。第一次是牠大約一個月大的時候，牠的媽媽蓓蓓竟咬著牠來見我！那時的寶貝對人毫不設防，柔弱可愛，三花的分布非常勻稱，剛好在臉部中間分開，形成一個賓士的Logo，這在三花貓之中是很少見的。當時我一度想把牠們母女抓起來送養，籠子都備好了，可是，想起蓓蓓還有另一隻小黑貓需要哺乳，考慮了一會兒，就決定放棄。

這兩次的錯過，在我心裡擱著，並非沒有重量。書店歇業之後，寶貝每天會到新書店用餐，我也就安心了一些，只是沒想到幾個月後，牠竟然消失了！我想牠可能已經不在了。現在我到新書店去，已見不到過去那些貓的身影。

另外，常待在一樓的貓也有親人的，尤其美麗又愛撒嬌的粉粿，更是我的心頭肉。可是，牠早已離開書店，在一樓生活，日子過得很愜意，書店歇業一陣子之後，牠和小芝甚至會跟著一樓老闆去散步。因為牠們年紀都大了，個性也都異常固執，所以我認為還是繼續當街貓比較合適。

有一天，新書店的朋友傳來一張小哲的照片，牠站在窗口，深情款款地望著室內——那裡曾是我的座位，曾經圍滿了貓，牠也是其中的一份子，可是現在，紗窗的破洞補好了，牠已經進不來了，而牠們曾經信賴的那位貓奴，消失無蹤——新書店的朋友告訴我，她發誓她在小哲臉上看見淚光閃爍，只是手機拍不出來。

直到這一刻，那個緊閉了半年多的情緒的開關，終於潰堤。

＊二〇一九年春天，粉粿因為右腳受傷，被我逮捕送醫，後來也送到中途之家去了。

貓咪的表達能力

以前常聽說貓咪是神祕的生物，是無法理解的謎，可是隨著認識的貓愈多，謎底一張張攤開來，我反而覺得，貓咪的表達能力非常好，如果牠們想讓你知道什麼，你一定聽得懂。我的偶像康拉德．勞倫茲甚至說，他從沒見過一種動物像貓那樣，把所有的情緒清楚地寫在臉上。

最簡單的例子是要求食物，這種能力想必是演化來的，為了生存，牠們學會賣萌、撒嬌，就連長相都變得愈來愈可愛，以便對人類予取予求。我的姪女念小學四年級，她養貓才幾個月便說出了至理名言：「我睡覺的時候被貓吵醒，心裡很不高興，很想打牠，可是當我睜開眼睛看見牠的臉，我就打不下去了。貓咪長得那麼可愛，一定就是為了讓人不要打牠。」

得到食物之後，貓咪接著還會挑食。我看過一隻街貓，牠興沖沖飛簷走壁而來，然而，當牠看到碗裡的廉價貓食，卻倒抽了一大口氣，還連連後退了三步！當然了，對著不想吃的食物做出撥砂的動作，暗示這是屎，這種表達也很普遍，貓奴若未曾見過，我只能說你真的很幸運。

牠們還有一種表達的利器，那就是尿！我見過無數次，每當書店裡來了新的貓，舊成員為了表達不滿，就會在新來貓睡覺的位置尿尿。為了占地盤，牠們也很常噴尿在牆上，如果還故意讓你看到的話，那就是在對你抗議，你一定做了讓牠不快的事。我見過的噴尿大師是一隻母貓，牠揮灑尿液的手法實在太狂野了，把整面牆噴好、噴滿，公貓遠遠比不上，令人讚嘆。

但有時尿也能傳達生病的警訊。我見過一隻貓，正常時都尿在貓砂上，但是泌尿道出問題的時候，必定到牆角去，留下一灘血尿，以便貓奴將牠逮捕就醫。另一隻貓膀胱裡有砂，只是牠宣示身體不適的方式實在令人髮指：跳上書店平面展示架，尿尿在我的詩集上，並將被尿過的書全部推倒在地。

後來因書店歇業，短時間內帶回三隻成貓，家裡原來的兩隻貓反應很激烈。甜粿特別討厭咖哩，尤其牠上廁所時，必定在旁謾罵，然後追打；蓓蓓則是討厭樣子，但我真沒想到牠用了尿床的方式來表達。

樣子初來乍到，起先睡在我的被子末端，也就是腳的上方，可是那裡原本是蓓蓓的位置。有天夜裡，蓓蓓趁我和樣子都起床的時候，尿在被子上，且分毫不差地瞄準樣子睡覺的位置。

接著，隨著樣子愈來愈自在，牠睡覺的位置也慢慢往上移動，但無論牠睡到哪裡，蓓蓓毫不猶豫，必定尿在那裡，目標清清楚楚，完全沒有模糊空間。最近的一次，因為樣子睡在我肚子上，當我醒來時，從肚子到後背，一片尿濕……現在，樣子已經睡到我胸口上了，我真擔心有一天，當樣子睡在我臉上時，我會喝到蓓蓓的尿。更慘的是，甜粿有樣學樣，也在咖哩睡覺的位置尿尿了，我簡直來到了尿尿地獄。

對此，我的朋友建議去找動物溝通師，可是要問什麼呢？甜粿一定說快把咖哩趕走！蓓蓓一定恨不得樣子人間蒸發！牠們表達得這麼清楚，問題是這些訴求我做不到啊，所以也只能繼續咬牙忍耐了。

小金靈變成大蘇吉

我身邊有許多貓天使，他們把心力全都投注於街貓身上，自己則是窮困潦倒，毫無生活品質可言，我深以為戒，給自己設下一道界線：「我只照顧書店裡外的貓，絕不理會外面的街貓。」因為我很清楚，自己的能力早已超過極限，多救一隻貓，原有的貓就少掉許多資源和關愛。

開書店十一年期間，經常有人尋求協助：有帶著一箱幼貓前來，希望我收留的；有哭訴自己餵養區的貓遭到驅趕，想要全數帶來讓我照顧的；也有小販撿來小貓，我帶著牠找到媽媽的；甚至就連某個地方有母貓帶著幾隻幼貓，也有人打電話或寫訊息，希望我能前去「處理」……總之狀況非常多，每次我都對他們說，我只是一家書店的老闆娘，沒有能力再去照顧其他的貓。印象中只有幾次介入：有次請朋友幫忙奶貓，一次去幫忙抓受傷的貓，還有一次是鄰居通報，有四個大學生在書店一樓棄養了一隻幼貓。

那時我忍不住下樓察看，循著哭喊聲而去，馬上看見一隻白底橘貓，約莫兩個月大，站在路邊沒完沒了地鬼叫，嗓子都喊啞了，吸引了很多狗和小孩，以及討厭貓的鄰居。當時已入秋，晚風吹來頗有涼意，我實在不知道像這樣一隻幼貓，如何能熬過？

在理性思考之前，我已經走到了牠的身邊。測試過牠的親人程度之後，我認為不需要籠子就可逮捕，然後我上樓拿食物，趁著餵牠吃飯，輕輕鬆鬆就把牠拎起來。牠在我的手中完全靜止，就像所有被媽媽叼住後頸的幼貓一樣，牠歪著頭、全身放鬆，既不掙扎也不哭喊，臉上的表情是雀躍而欣喜的，好像牠叫了一整天，終於得到了回應。

我帶牠回到書店，在浴室裡餵罐頭和幼貓飼料，第二天就帶到醫院驅蟲、除蚤。牠的長相非常討喜，白底配上橘色虎斑，又大又圓的眼睛，粉紅色鼻子和肉球，堪稱完美組合，而且非常乖巧，人盡可摸，完全無法理解為何會被棄養？我因為過去曾深愛一隻橘貓「金沙」，此刻又遇見另一隻，於是就以金字開頭，取名：小金靈。

接著，我在網路上貼出牠玩自己尾巴的影片，當作送養訊息，沒想到認養信件如雪片般飛來！我簡直不知如何篩選。後來一位朋友親自來店，表達他的認養意願，我也就答應了。只是當朋友把牠帶走的時候，我還沒做好心理準備，非常捨不得。

牠到新家後改名：蘇吉，和新家的姊姊相處沒幾天就玩在一起，互親互舔、如膠似漆，睡覺時還抱成一個心型，簡直像是失散多年的姊弟一樣。很快地，牠就長得比姊姊大了，一如所有的橘貓，變成了巨無霸。

聽說那四位大學生後來曾帶著食物來找牠，當然牠已經不在了。他們詢問一樓的鄰居，大家都說沒看見。其實，我是故意隱瞞送養消息的，因為我一直認為，棄養是全世界最重的罪，我不相信他們沒看到幼貓在路邊哭喊、躲避惡犬的模樣，我希望他們受良心的譴責，將來不要再犯下這樣的過錯。

貓咪老師和宇宙的奧祕

這幾年很流行說：「那些XX教我的事。」生活中幾乎只有貓的我，也以「那些貓咪教我的事」為主題，寫過許多詩文，比方說：貓咪教我要活在當下、吃飯時吃飯、睡覺時睡覺……雖說是老生常談，卻也是事實。可是後來我發現，這有時只是自我感覺良好的概念性書寫而已，因為很明顯地，貓咪一點也不想當人類的老師，而且也不是每隻貓都能活在當下，最明顯的例子就是甜粿。

除了睡覺時間以外，甜粿都處在焦慮狀態中，牠戒慎恐懼、疑神疑鬼，隨時注意我的一舉一動。如果我開始整理包包、換穿外出服，牠就會露出一臉震驚，似乎遭到了背叛，然後牠會從坐臥處起身，一邊走開，一邊注意我是否真要外出，如果是真的，牠會立刻躲到床底下，躲藏的行為當然是為了表達抗議。有一次我出門後沒多久即返家，發現牠早已從床底下出來，看見我還大吃一驚。

甜粿有自殘的習慣，每當牠撒嬌而我無暇理會時，牠就開始舔毛與咬嚙自己。牠沉迷其中，嚴重的時候，幾乎醒著的時間，都在舔毛與自殘，每次看見牠這樣，我也很焦慮。一旦我在外面過夜沒回家，自殘的傷口就會惡化，因此，我根本不敢遠行。我曾用過各種安定神經的方法，如安麗寧、費洛蒙、花精、中藥，但是效果都有限，畢竟心病是最難醫的。

我花很多時間和心思取悅牠，但牠總是把注意力放在別處，比如梳毛時一直注意別隻貓的動靜，一看見牠們靠近我就生氣，怒瞪牠們，甚至突然撲打過去，根本無法享受梳毛的樂趣。

你說，像這樣的貓能跟牠學習什麼呢？最多是自我警惕，希望自己不要像牠那樣吧？可是，不管怎麼說，牠卻是我最愛的貓，每晚當牠睡在我的臂彎之間，人貓呼息一致的時刻，那種安心與滿足，治癒了我的睡眠障礙。

我看過一種說法：「人們常說自己愛貓，但那不是真的，他們愛的只是那個被貓需要的自己。」

我想說，即使真是如此，那又有什麼關係呢？舉例來說，如果你愛上寫作時的那個自己，因為你只有在那時才感到和宇宙接軌，甚至是法喜充滿，那不是很好嗎？畢竟人生如此艱難，在悲傷和虛無之間，你總得做出選擇。

愛貓也是這樣。當我們鏟屎鏟尿、奔走於動物醫院、餵藥被抓傷、睡覺時慘遭尿襲、為了貓的離去而落淚，明知自己無法得到什麼，卻一點也不在意，單純地，先貓咪之憂而憂，為貓咪之樂而樂……就算我們只是愛上這樣的自己，那又有什麼關係呢？

在人類有限的生命中，不求付出的時刻是多麼稀少，奇妙的是，當你一無所求的時候，反而有滿滿的、無以名狀的事物，將我們填滿、讓我們發光。很明顯地，這就是貓咪教我的事，我甚至相信，這就是宇宙的奧祕，可是，我還不知道那是什麼，所以只能繼續活著，直到那個最終的答案，失去了找尋。

昏叫粉鳥

「粉鳥」這名字真的很鳥，是好友取的，因為牠是粉粿（昏跪，臺語發音）的小孩，而且很會叫，所以叫牠：昏叫。我當時應該是笑昏頭，居然接受了。

粉鳥從小體弱多病，三歲時又爆發口炎，我不放心牠繼續當街貓，就拜託阿吉照顧，沒想到牠無法接受，花了大約兩年的時間才適應居家生活。期間我盡量找時間去探望牠，然而當牠發現我沒有要帶牠回去的意思，對我的態度就愈來愈冷淡。

有一次去看牠，儘管牠不理我，我還是跟在後面極力討好牠。突然，我從牠的一些小動作中，明確地感覺到牠想表達的事情：原來牠一直氣我們把牠關起來，不讓牠自由！我告訴阿吉我感受到的，她也覺得是可能的，只是阿吉對牠已經好到不能再好，甚至蓋了一間玻璃屋給牠，還能怎麼樣呢？從這次之後，我開始逃避去看牠，卻也沒想到，下次再見，竟是一年多之後了。

我永遠記得，那天牠看見我的表情：牠眼睛一亮，嘴巴發出驚詫的叫聲，接著立刻精神抖擻地站了起來，並在我附近徘徊，可是又不好意思直接靠近。等我和阿吉坐下來閒話一陣之後，牠才慢慢打破矜持，到最後則是毫無保留地向我撒嬌，表達無盡的思念……阿吉說：「看看牠，你慚不慚愧啊，一年多沒來耶！」

我真的很慚愧，後來就比較常去了，可是，那是因為粉鳥驗出了腎衰竭，我知道剩下的日子不多了。

粉鳥急速衰弱，必須皮下注射，可是牠頑強抵抗，阿吉只好找了麗麗和Tomo來幫忙。我看著三位老手，一個壓制、一個下針，另一個拿著點滴袋並安撫牠，儘管是醫療行為，那畫面卻非常和諧，三位我最信任的貓友，一群相愛的人與貓，組成了一個溫柔光亮，堅強的共同體。

很快地，粉鳥已衰弱到無法進食的程度，醫生建議安樂死。於是有一天，阿吉邀請了我們，四位最愛粉鳥的人，打算陪伴牠一整天，晚上再帶去醫院，讓牠離開。

那天下午，我們在牠最愛的玻璃屋裡，圍繞著牠，回顧牠七年來的照片，牠窩在舒服的軟墊上，聆聽著，甚至願意吃我帶去的罐頭。上廁所的時候還堅持像往常一樣，一步一步上去二樓，我們親眼見到牠如廁後，神采飛揚，輕盈地步下階梯的模樣……那一幕，讓大家都哭慘了。我們都覺得不可思議，阿吉說早上牠本來已經站不起來，口腔黏膜滲血，可是聽到我要去，就開始認真洗臉，不願讓我看見病容。

當然那天我們無法送牠去醫院。後來阿吉感覺到牠想在家裡度過最後一段時間的心情，於是就放棄安樂的計畫。此後牠雖然極度衰弱，每天仍在家裡四處走動，每一個角落、每一張椅子，牠輪流去躺著，看看窗外，回憶往事。

不久牠就過世了，剛好滿七歲。我相信牠是在滿滿的愛之中離開的，尤其當我看見一個放置牠骨灰的陶盆，上面畫了牠的全身像，那柔和的筆觸和眼神，充滿了哀傷與懷念，這份情感有多麼深厚，相信粉鳥都知道。

貓的禮物

多數人都知道，貓會送主人禮物，也有人說這是貓的報恩，照顧街貓多年的我當然也收過一些。根據我的經驗，貓咪送禮有嚴謹的步驟：必須保持獵物完整，最好是活的，但已失去行動能力；必須送到主人面前並確認他收到，在主人道謝之後，才算大功告成。

我第一次收禮是美花送的小蟲，牠嚴謹地遵守每道步驟，所以我馬上就了解情況，也向牠道謝了。可惜的是，完美演出只有這一次，此後每次都是荒腔走板。

美花之後是可可。有陣子可可不斷地帶老鼠給我，我因為太怕老鼠，無法理性面對，不僅從未道謝，甚至把門關起來逃走。可可應該是認為我沒有狩獵能力，擔心我會活活餓死，所以不停地抓老鼠來送我。老鼠們雖然失去行動力（都在彌留狀態），但都鮮活而完整，最多只是少了尾巴而已，可說是非常專業。

再後來是糖糖。黃庭堅曾寫詩：「聞道狸奴將數子，買魚穿柳聘銜蟬。」詩中的「銜蟬」本為貓名，是一隻白貓口銜花朵，猜想應是一隻戴口罩的三花貓吧？後來「銜蟬」便成為貓的俗稱。

有天，糖糖真的銜來一隻蟬要送我！問題是蟬還活著，在糖糖口中發出驚天地泣鬼神的哭喊。糖糖自己也被嚇得東奔西竄，可是牠仍堅持不肯放開那隻蟬，我好不容易突破這驚人的音量，認真地向牠道謝，糖糖聽到之後，立刻將蟬一口吐出，飛也似地逃走了，那狼狽的模樣真把我笑死。也幸好那隻蟬還活著，略事休息之後，便重獲自由。

再下來是可愛的小豆比，牠的禮物也和牠一樣可愛，是恐龍的後裔，一隻壁虎。牠咬著壁虎來給我的時候，似乎也很困惑，因為牠只要一把禮物放在我腳邊，禮物立刻一溜煙地逃跑，豆比則是飛快地再將牠逮捕，咬回我的腳邊。如此重複了好幾次，壁虎的尾巴在我面前斷掉，我很緊張，趕快跟牠道謝，可是豆比仍堅持不懈地重複逮捕禮物的行動，直到壁虎開始裝死，豆比才如釋重負地到旁邊休息。我背對著豆比，將仍在蠕動的壁虎帶到安全的地方放走。

最後是樣子，牠的禮物和牠巨大的體型相襯，是一隻環頸斑鳩！牠口銜斑鳩從窗口躍進的那一幕我沒見到，發現異狀時，我的座位四周已是一片散落的羽毛，而一隻色彩斑爛的美麗鳥兒仰躺於地，動也不動。為了避免其他貓咪繼續凌虐鳥屍，我立刻將斑鳩移到後面房間，等到書店客人結帳後，我深吸一口氣，準備處理屍體，沒想到，斑鳩根本沒死，而且已經站在氣窗邊上，望著窗外的藍天。我太開心了，立刻開窗讓牠飛走。

除了這幾次確定是送禮之外，還有無數次貓帶著各種獵物前來，但牠們大多只是要自己玩樂，並非禮物。判斷兩者的不同非常容易，禮物當然歸我，貓不會有意見；但如果不是禮物而我擅自處理掉的話，牠們會表達強烈的不滿，不僅四處找尋、滿口嘮叨，還會露出一副：你竟敢搶走老娘（或林北）獵物的嘴臉，有夠欠扁的。

貓天使和貓奴的差別

照顧街貓十一年，留下了許多遺憾，因為一個人照顧太多貓，永遠無法做到十全十美，但也總是安慰自己：我已經盡力了。然而事實上，我真的盡力了嗎？當我遇見了阿吉、麗麗和Tomo之後，我知道我沒資格這麼說。

阿吉住的社區裡有幾隻街貓，都有人餵食，可是有天在住戶反應下，管委會決定將這些貓「移除」。阿吉立刻和他們進行交涉，承諾會盡力為每隻貓做TNR，但也希望不要捕抓有剪耳的貓，最後管委會同意了。

阿吉在送紮貓的途中，甚至還出了一場車禍。她和裝了貓的外出籠滾落在地，她血流不止，路人過來扶她起身，她第一句話竟然是：「你可以幫我送這隻貓去○○動物醫院嗎？」

在這批貓之中，有幾隻幼貓，阿吉決定送養。親訓、網路上的溝通、認養人和貓相處時的觀察、家訪，還有送養後的追蹤，一樣都不可少，如此辛苦了一場，終於為這些貓找到了幸福的好歸宿，除了一隻虎斑貓：穆穆。

起先是阿吉催促認養人，穆穆該結紮了，可是認養人卻支吾其詞，阿吉起疑了，開始追問不休，甚至揚言要到對方的公司去找她，她才坦承：穆穆已經走失將近三個月了。

這真的是晴天霹靂，是每個貓中途最大的噩夢！阿吉崩潰了，她打電話給麗麗和 Tomo 大哭大叫——這情況多麼熟悉，就像小缺驗出貓瘟時，我打電話對阿吉大哭大叫——接著，一場驚人的搜尋和救援就開始了。

阿吉開始每天在穆穆消失的社區附近尋找，麗麗和 Tomo 也一路陪伴。那社區附近也有一些街貓，他們在尋找的過程中，也順便餵食。有一天，阿吉透過圍牆欄杆餵食一隻虎斑，覺得牠很像穆穆，可是體型稍大了一些，無法確認，後來比對照片的花色，才確定就是穆穆！於是阿吉呼喚了穆穆的名字，那隻虎斑對這名字反應超大，突然繞著院子來回狂奔，於是阿吉知道，不可能的任務達成：找到穆穆了！

接下來又是一場硬仗，阿吉開始在幾個社區之間廣設誘捕籠，幾位貓友都曾經去看顧籠子，我也去過一次。那次雖然看見穆穆，卻完全無法靠近，每次進籠的也都不是牠。

如此堅持了好一陣子，幾個人不停地在社區附近守候，甚至感動了居民和警衛，大家都幫忙留意，警衛還自動出借廁所。後來他們採用一個戰術：將其他的貓全部餵飽，除了穆穆。這招果然奏效！穆穆進籠了，回到了阿吉的懷抱，後來也再次送養，得到了真正的幸福。

更驚人的還在後頭，能找到穆穆已經很強了，他們三人竟然又去抓了那社區其他的貓做TNR。不過其中有一隻實在太親人，無法原放，麗麗和Tomo便將牠留了下來。

對這三人我實在無話可說，有時我看他們真的太累了，也會勸他們，有些事放棄就算了。可是，當他們在路上看見一窩被遺棄的幼貓，或是發現重傷的貓，癱瘓的、爆眼珠的，他們還是全都帶回家照顧。放棄從來不是他們的選項啊，我想，這就是貓奴和貓天使的差別吧。

各種誤診

我自己遇過很誇張的誤診。我因病必須每年追蹤健檢，有一年，手術過的部位出現腫塊，醫生的判斷是：「沒有任何可疑之處。」當時儘管心中起疑，但也就相信她了。一年後回診，腫塊長大了，我問醫生：「如果沒有可疑之處，那麼這是什麼？脂肪瘤嗎？」醫生想了一下說：「脂肪瘤應該沒那麼硬，的確是有點可疑。」於是才安排進一步的檢查，結果是惡性的。我永遠記得她對我宣布結果的那種汗顏的表情，而我當時竟什麼話也說不出口，只是深深地嘆了一口氣。

人的誤診都可以如此，不難想像，貓的誤診會有多嚴重了。

我遇過最讓人傷心的誤診，發生在豆比身上。起初是發現牠有口炎症狀，而且頸部、背部和喉嚨都有傷口，因為牠不親人，費了好大功夫才捕抓送醫，鎮定後醫生判斷沒有口炎，只是蛀牙，於是敲掉了一、兩顆蛀牙就讓我帶回家。過一段時間之後，症狀更嚴重了，好不容易又逮捕就醫，醫生重複同樣的醫療，就要我帶回，但我覺得不對，要求驗血，才發現已貧血到需要輸血的地步了！

帶到別家醫院，輸血後再次檢查口腔，醫生發現口腔深處有白色的物體，看了好久終於發現：竟然是裸露出來的牙槽骨！接著在那家醫院住了好長一段時間，但每次好轉之後又不斷地發燒，做盡各種檢查仍找不出原因，直到我再次轉診，新的醫生終於發現牠的喉嚨有一個很深的傷口，應該是狗咬的，這也正是牠高燒不退的原因了。然而拖延了這麼久，一切已無法挽回。

在豆比的慘痛經驗之後，我當然不再去那些醫院了，並且開始回想過去的醫療經驗，似乎也有不少可疑之處。我想起狂犬病肆虐那一年，所有飼主都急著為貓狗打疫苗，然而金沙當時因為口炎正在服藥，症狀很嚴重，我問醫生這情況可以打疫苗嗎？醫生說可以，儘管我有點懷疑，但又覺得醫生說的應該不會錯吧？就相信了他，更糟的是，還一次打了狂犬和三合一疫苗！過後不久，金沙出現各種奇怪症狀，即使盡全力醫療，仍在半年後過世。

其他的誤診還有很多：寶貝和繡繡結紮傷口感染，服藥後好長一段時間肝指數過高；短尾結紮住院期間染上感冒，到朋友家休養後放回，但仍猝逝了；甜粿尿不出來，照過三次超音波，都顯示膀胱很乾淨，醫生判斷是心因性膀胱炎，僅需多喝水即可，然而換一家醫院重照超音波，卻發現膀胱裡面是滿滿的沙……

我一直是個不求甚解的懶人，儘管每次貓生病時都會認真研讀血檢報告，事後卻都忘得一乾二淨。而我的生命觀又偏厭世，對自己的病習慣拖延就醫，對不親人的病貓有時也會選擇不積極醫療。然而這些慘痛的教訓卻讓我警醒：飼主和醫生的疏忽與懶惰，足以殺死一隻貓！死亡或許不算什麼，但因人為的疏失而讓貓受到這麼大的痛苦，就是罪該萬死。尤其是豆比，牠是我生命中最痛的一頁。

如夢似貓

我算是多夢的人。我相信夢是有意義的，甚至有醫療效果，即使沒有預言的功能，但肯定是對近期生活狀態的一種詮釋，更是隱藏於內心的恐懼和期待的出口。生活中幾乎只有貓的我，自然也作過許多與貓有關的夢，而且每個夢都準確地記錄了我當時的心境。

剛開始照顧街貓的時候，我對於書店客人不斷騷擾正在休息的貓，感到非常困擾。那陣子有個夢大致如此：我家庭院的大樹上，長滿了一隻又一隻的貓，每隻都毛色斑斕、目光灼灼，看起來就像隨時要動身去捕捉獵物似的。可是有天，卻被鄰居小孩粗魯地趕走了！我痛不欲生，後來終於找到一個機會，帶著那幾個孩子搭火車到遠方旅行。通過一個長長的隧道，黑暗結束之後，前方的光為我們照亮了一個貓的國度。來到貓國之後，孩子們慢慢學會了尊重貓，最終也都和貓發展出深厚的感情，我很感動。即使醒來之後知道這只是一場夢，還是得到了莫大的撫慰。

之後我進入另一個階段，開始自稱貓奴，於是又作一夢。夢中的貓化為大神，且擁有一座神廟和無數信徒，當我進到廟裡直呼貓咪名諱的時候，遭到貓神斥責，可笑的是，那隻貓本是隻美麗害羞的三花貓，但祂發出的聲音，卻是威武的男聲。

再後來顯然是因為經常帶貓上醫院，卻苦於捕抓和醫療之艱難，於是又得一夢。夢中每隻貓都很好商量，我跟牠們說明即將進行的醫療，牠們欣然接受，不僅自動走進外出籠，到醫院之後也順從地將前腳伸出，讓醫生抽血，最後還自己吞下膠囊！這個夢簡直太美妙，我大笑著醒來之後，仍悠然神往。

至於同一隻貓多次入夢，則只有金沙，當時牠病了很久，幾乎每週回診。有天我夢到，醫生宣布牠已經痊癒了，於是診療檯上的金沙，變成了一個小男孩，我開心地幫他穿上衣服，夢中有陽光灑在他身上，他欣喜而安靜地望著窗外。

不久，金沙病情惡化，需要使用氧氣室，我便在家裡搭建了一個。那晚我夢到金沙是個大約五、六歲的小男孩，他待在氧氣室裡，我才去別處不久，氧氣室就爆炸了，我在夢裡哭得肝腸寸斷，直到自己像是爆炸一樣地醒來。

金沙過世之後，有天中午，我將牠的骨灰灑在觀音山前的淡水河上，當天晚上便又夢見牠了：我抱著已死去的金沙，捨不得放開牠，慢慢地，牠的身體有了溫度，四肢也開始有反應，我目不轉睛看著牠確實地活了過來，而且還很快地長高，站了起來，變成一個比我還高的青少年，身上穿著藍白色系的運動服。我高呼著：「金沙復活了！金沙復活了！」然後就醒了。

我沒有宗教信仰，不相信輪迴，甚至不相信靈魂的存在，可是這三個連續的夢，再加上牠過世時闔上了雙眼（一般都是睜開眼睛的），朋友們告訴我，這表示牠要投胎當人了，而我也幾乎要相信了。我想像著只愛人不愛貓的金沙，閉上了一雙貓咪的眼睛，等下次再睜眼的時候，已經變成了人。

不管事實如何，能夠作這樣的夢，對當時的我來說，的確是莫大的安慰。

貓的額頭

雖然接觸上百隻貓，其中也有許多和我關係密切，我卻總是懷念著金沙，尤其是和牠額頭貼著額頭，什麼也不想的那些安靜而光亮的片刻。我不知該怎麼形容那種感覺，每當額頭互相貼近，好像腦子裡所有的混亂都被移走了，整個人變得輕盈而滿足。

我不禁想著，或許額頭具有神祕的力量吧？不然為何主掌智慧的雅典娜要從宙斯的額頭迸出，命相學也將印堂列為最重要的部位。而如果一隻貓用額頭頂著你，代表牠已將你納入牠的群體，你是牠最信任的存在，或許正因如此，日本甚至出了一款貓額頭味道的香水。

金沙過世之後，我曾在貓群中找尋可以和我碰額頭的貓，可是每當我的臉靠近時，所有的貓都閃開了，甚至就連每晚睡在我臉上的甜粿也一樣。最後我終於放棄找尋，原因是當我堅持把額頭靠向樣子的時候，牠受到太大的驚嚇，竟抓傷了我的臉。

當然，這件事很快就被我拋諸腦後，直到三年後的某天。那時咖哩被安置在中途之家，在陌生環境中非常惶恐，當我去探望牠時，牠太開心了，突然重重地將額頭貼在我的額頭上！我愣住了，那一瞬間，我不禁想像：或許咖哩就是代替金沙的那隻貓？

不過，當我將咖哩帶回家以後，牠便不再這麼做了，現在我如果將額頭靠向牠的臉，應該會被毀容吧？但我一點也不在乎，重要的是居家後的咖哩很快樂。

牠剛來的時候，我恰巧每天必須餵蓓蓓吃中藥，在每次的扭打搏鬥中，我瞥見咖哩總是非常貼近，且雙眼亮晶晶地注視著我們，甚至還發出了響徹雲霄的呼嚕聲。似乎是因為每次餵藥，我都會對著蓓蓓甜言蜜語，並且無限溫柔地撫摸牠，於是讓咖哩感到羨慕了，這實在太傻了！我偷笑了好久，只是沒想到，咖哩很快地也因為腸胃炎而開始吃藥。

果然當我開始餵藥時，咖哩毫不掩飾牠的歡喜，牠一副受寵若驚的模樣，喜孜孜地接受了早晚各兩顆膠囊，不僅毫無掙扎，嘴巴還張得很大，也發出了驚人的呼嚕聲。看著牠這可愛的模樣，我覺得自己真是太幸運了！

然而，餵藥到第五天，咖哩逐漸認清這件事並非被愛與享樂，而是可怕的暴行。於是從第六天開始，牠凶性大發，對著我呲牙咧嘴、哈氣又伸爪！看著牠那恐怖的模樣，我一度考慮要蓋棉被硬灌，但後來還是怯懦地放棄了，因為牠的症狀其實已差不多好轉。

現在牠來到我家已經一年多，由於呼吸道症狀始終無法痊癒，竟變成了藥罐子，這時的牠已完全了解餵藥的真相，但也願意忍受了，就算再痛苦，也不會再對我亮出利爪。

如今我已澈底明白，沒有一隻貓會是金沙的替代品，因為咖哩絕對是獨一無二的。每當貓咪圍在我身邊爭寵鬥毆，全都感覺自己受到的關注不夠多時，牠置身事外、雲淡風輕，不是在遠處睡大頭覺，就是悠然路過，看也不看我們一眼，彷彿獨自生活在另一次元。牠最大的撒嬌只是要求我捧著裝罐頭的碗餵牠吃，或者梳毛時開心得口水流滿地，如此而已。這讓苦於被群貓糾纏的我，分外感覺到牠是多麼獨立又可愛。

可愛可恨的貓咪小習慣

我很喜歡看貓咪推推（也有人稱為踏踏），據說這是幼貓期推動母乳以獲得更多乳汁的動作，成貓有些仍保留這習慣。牠們總是一臉如夢似幻，伴隨著清晰可聞的呼嚕聲，兩隻前腳在被子或某個柔軟物品上不斷地推動著，那圓嘟嘟包子般的小手、隨動作而搖擺的小肩膀，還有那放鬆的表情，真是無敵療癒呀，依稀彷彿，整個世界都已進入了夢鄉。

問題是，有些貓會在我身上推推，有時還伴隨著舔舐或吸吮動作，這時我可無法享受那朦朧的療癒感了。因為貓咪推推時會伸出爪子，舔人或吸吮時，當然也不會考慮人類的皮肉脆弱，那又舔又吸又咬又抓的勁道可不是開玩笑的，保證痛到冷汗直流，但這情況若把貓咪推開，牠們會很受傷，因此我只能咬牙忍耐，幻想自己長有一身豐厚的毛皮，或者根本是自殘為樂的被虐狂，但可惜我都不是。

貓咪在貓奴工作時撒嬌，剛開始也很可愛，尤其冬天時紛紛跳到腿上，絕對是最棒的暖爐。可是逐漸地，牠們擋住了螢幕、出手阻止鍵盤上飛躍的手指，或者乾脆整隻趴在鍵盤上，不僅修改了文件內容、將電腦的作業系統更新，甚至還擅自發文貼到臉書。當然了，隔著螢幕打架、讓電腦發出高分貝的哀鳴、把整臺筆電推落地面、搶不到鍵盤乾脆吐下去或尿下去……什麼事都可能發生，什麼事也都不足為奇。

貓咪還有一種奇怪的習慣，尤其當我來回走動時，牠們雙眼亮晶晶的，露出一臉若有所求的表情，埋伏在我的行進路線上，一看見我走近就趕緊從角落中竄出，阻擋我匆忙的腳步，但有時突然太多貓同時過來橫加阻攔，牠們互相衝撞，最後就演變成打群架，甚至有直接跳到我身上，在衣服上懸掛著的！更莫名其妙的是，牠們還常常故意走在我前面，從慌亂小跑步逐漸演變成遭我追殺、驚險奔逃的戲碼，真讓我傻眼。

睡覺時就更不用說了，貓咪們爭相搶奪最靠近頭部的位置，剛開始是左擁右抱、無限滿足，可是一會兒之後，牠們開始互瞪、低吼，接著就在肚子上大打出手，如果一時忘情伸手阻擋，結果就是皮開肉綻。以前在書店時更慘，偶然因身體不適想趴在桌上休息一下，但四周全是貓，尤其臉上那隻讓我無法呼吸，更慘的是牠們還會用爪子攀岩，爬到我背上窩著睡覺，還作了夢，讓我不好意思起身，結果是整個肩背又重又痛，比休息前還累。

讀到這裡，你是否隱隱有一種感覺……這根本是假裝抱怨，實際上是在炫耀自己超受貓咪歡迎吧？哈哈哈，答對了。有時也覺得自己真是可憐又卑微的貓奴，因為在人類社會上總有格格不入之感，於是隱身於貓的世界，最大的成就感就是看著貓咪吃飽睡足，在貓咪的滿足中，感覺到自己還是被需要的。總之不管怎麼想，貓奴的本質實在無聊，但是，在世界上的各種無聊中——比如購物、旅行、戀愛——我就是偏愛這種無聊。

接下來的人生

從書店老闆娘兼貓奴之職卸任之後，我休息了一段時間，之後便開始煩惱將來的生計問題。有天，弟弟全家出國旅行，我回去充當貓咪保母。和主人不在家的貓相處，可以清楚地看見牠們的焦慮，畢竟對貓來說，主人連續消失好幾天，牠們一定會擔憂，甚至懷疑這情況會不會是永遠的。

這時，身為資深貓奴，唯一能做的當然就是盡全力討好牠們，把一切法寶都使出來，並且陪牠們一起睡覺。終於，牠們明顯鬆懈下來，並且抱著「沒魚蝦也好」的心態，不斷地向我撒嬌。那天清晨，我從睡夢中醒來，看見兩隻貓睡在我肚子上，一個念頭突然浮現：「或許，我可以試著當貓咪保母？」於是我開始接受朋友的委託，有了新的工作。

我不知道別的保母是怎麼做的，但從一開始，我就很確定自己要這麼做：帶著家貓最愛的美食、玩具與木天蓼，花時間陪伴貓咪、盡力取悅牠們，甚至一起在沙發上午睡，換句話說，就是和貓搏感情。這麼做的缺點是，每到了分離時刻，我都很不捨，在門口演出一步一徘徊、揮淚對貓咪的戲碼，更糟的是，回家之後還很掛念，於是寫訊息詢問貓的情況，給出許多建議，讓貓主人覺得很煩。

所幸好幾次下來，逐漸收到一些讓我心花怒放的回饋。比如須灌食的病貓對我帶去的罐頭大為讚賞，根本不需灌食。或者每次主人出國必定隨處便溺的貓，因為對我的照顧還算滿意，便不再亂尿了。

其中最讓我得意的是一隻混血藍貓：阿九，據說牠是幾乎沒有客人見過的隱藏版貓咪，可是牠不僅從未躲我，甚至還很擅長對我頤指氣使，比方牠認為：一天應該開兩次罐頭，牠熱愛的毛毯應該鋪在沙發上某個位置，或者弟弟上過的貓砂我必須立刻清理，以便牠如廁……我完全聽得懂，簡直就是雙語服務。牠主人告訴我，以前出國回來，阿九必定會對著主人怒罵不休，且當面嘔吐在沙發上以為報復，可是這一次，完全沒有！

以前開書店的時候，我總苦於必須和人交接應酬，更因為一張面無表情的臭臉，飽受批評，可是現在不用煩心了，我只要每天前去拜訪貓咪們，安慰牠們寂寞的心靈，這樣就已足夠。

甚至就連每次出任務，搭乘各種交通工具的過程，我也很享受。有時我搭免費公車、有時我搭渡輪；有時我走上很長一段河岸步道，沿途欣賞風景，而當我打開委託家庭的門，已經認得我的貓咪們，快樂地圍攏過來，對我表達熱烈的歡迎……這是多麼美好的一刻，我所有的不合時宜和一直以來彷彿降生於錯誤星球上的感受，一掃而空。

在與這些焦慮的貓咪相處之後，我下了一個決定：往後我將不再出國，盡可能陪伴貓咪。這樣的心願或許很蠢，但事實上，我已經十幾年沒有出國了，我卻不覺得遺憾，因為身為路痴的我，不管到了什麼地方，都感到新奇有趣，處處皆是異國。而只要我還能在撿屎鏟尿之餘，抬頭欣賞一朵雲飄過窗口，便已心滿意足。

貓樣年華

有陣子臉書流行一個活動：「跟十年前的你說一件他不會相信的事。」很少參加臉書活動的我，卻立即寫下這段話：「我開了一家書店並餵養街貓，十年來共有一百多隻貓來過，我為牠們一一編號取名，還出了一本書。」

十年前的我是個遊牧民族，經常換工作和搬家，手上一有閒錢立刻出國旅行，或者購物，把錢花光光！可是，十年後的我卻完全變成另一個人了。不僅十年來從未出國，甚至連每年一次回娘家，也只睡一夜，第二天就火速返回。我的物質欲望也澈底消滅了，不只是因為沒錢，而是每當我看見漂亮的櫥窗商品，便能立即窺見隱藏於後的恐怖陰謀。我比以前更知道自己要什麼、不要什麼，而我的笑容只出現在真心歡喜的時刻……這些都和貓一樣，差別只在於，我沒有貓那麼美麗可愛。但我必須說，這些改變並非改變，我只是把原來的我找回來而已。

這十年可以粗分成三個階段：二〇〇六到二〇〇九年，自由貓派。二〇一〇到二〇一三年，加入街貓TNR行列。二〇一三到二〇一七年，全年無休、貓樣年華。

第一階段，我反對為街貓做TNR（捕捉、結紮、放回）。我以為自己不應介入太多，只需供應食物和水，讓街貓的日子過得好一點，這樣就夠了。我喜歡看著牠們自由來去、發情、繁殖，認為這才是貓的天性。

第二階段，我義無反顧加入街貓TNR的行列，因為我餵養的街貓數量太多，討厭貓的鄰居已開始做出對貓不利的事了。直到這時我才願意面對現實，知道街貓是不可能獨立於人類社會而存在的。儘管結紮街貓是違反自然的，把街貓的耳朵剪去一角是殘忍的，但是，相對於世界的暴戾與殘缺，街貓殘缺的耳朵，或許反而成了完美的表徵？因為那個記號代表了：這隻街貓背後存在著一個愛牠的人。

結紮後的貓健康狀況比較好，壽命更長，行為也更溫馴，留下來成為店貓的比例大大提高了。從此以後，書店就成了街貓的免費吃到飽餐廳和睡到自然醒旅館。我在空間極有限的書店各處放置紙箱，依照季節鋪上厚紙板或毛衣，最後，貓咪自己選擇的位置則集中在我的辦公桌四周：筆電後方、椅子上下、桌腳、書櫃裡……無處不是貓。當我坐下來，我的腿上一定會出現一兩隻貓。當我蹲下來，貓咪也會爭相攀上我的大腿。甚至就連我站著，牠們也可能以爪子抓住我的牛仔褲攀岩而上……到最後，我連穿著都因為貓而改變了。我永遠穿著耐髒的衣服、牛仔褲和厚鞋面的便鞋，因為窩在桌腳下的貓睡醒後，經常抓我的鞋子取樂。

日本流浪俳人種田山頭火有一首俳句，很有意境：「小睡醒來／四面皆山」，而我的版本則是：「小睡醒來／四面皆貓」。不過認真說起來，有時也不能說是四面，在我趴著小睡時，有些貓會一屁股壓在我臉上，這時就是眼前一片毛茸茸而已；有些則會攀到我背上睡覺，甚至還睡到作夢。

這期間有許多貓生病或受傷，我經常想帶牠們回家照顧，但是，我的室友始終誓死反對，因為他受夠了在書店裡胡鬧的貓咪們：打架鬧事、打翻盆栽、抓爛書，都不算什麼，最讓人咬牙切齒的就是：在書上尿尿！最誇張的一次，有隻貓跳到高高的置物臺上，在我和室友（同時也是書店老闆）的書上尿尿，不僅尿了很大一泡，尿完還把這兩疊書推到地上！

因此，傷病貓除了住院，就是待在書店後方的浴室裡。多數貓痊癒後都能重獲自由，但也曾有一隻重症貓，我在浴室裡為牠布置了生活所需，盡量找時間在裡面陪牠，直到牠過世。

這情況在二〇一三年有了轉變。一隻人見人愛的大橘貓：金沙，牠病得很重，已不適合繼續當街貓了。我先是在書店過夜，陪伴金沙養病，不久，連我自己也病了。這時，室友終於解除了家裡的禁貓令，讓金沙來到家裡。

對我來說，這是個全新的紀元。以前在書店打烊後，我可以拋開一切（雖然這不是真的），回到一個沒有貓毛的家裡，好好睡一覺（雖然這也不是真的）。但是在家裡有貓，貓奴全年無休之後，我好像才真正進入了屬於我的貓樣年華。

很多朋友曾問我，我自己身體不好，經濟狀況又差，還要照顧重病的貓，是不是很辛苦？或許吧，一切狀況在想像中都是辛苦的，可是，一旦這些想像發生了，很奇怪地，所有為貓流下的汗水和淚水，居然都成了踏實和幸福。

金沙幾乎每個星期看醫生，用盡所有可能的醫療方式，但是，牠在我家只待了半年，突然因為病毒感染，高燒、溶血，很快就過世了。在金沙之後來到我家的是小夜，牠應該是被狗咬住腳踝，在亟欲脫身的拉扯時，韌帶斷裂。此後牠負傷跛腳好一段時間。在這用盡辦法仍無法捕抓小夜送醫期間，是我的貓奴生涯中最嚴峻的考驗。

過去小夜在醫院結紮時，曾咬傷工作人員、試圖逃走並不吃不喝，表達牠熱愛自由、不願接受醫療的個性。因此在捕抓小夜的過程中，我一直在猶豫，並且思考自己餵養街貓的初衷，甚至反省了我的生命觀。

我曾反對結紮，甚至認為街貓傷病也不需送醫。其實就連我自己生病，也曾逃避醫療，後來勉強接受手術，但依然不肯吃藥以及化療，讓醫生非常頭痛。像這樣的我，是否有必要一再違反自己的生命觀，強迫小夜就醫呢？話雖如此，身為貓奴的我，終究是無法對逐漸衰弱的小夜坐視不管。最後還是拜託了捕貓高手，帶來我不曾使用過的捕貓工具，一舉得擒。

小夜在醫院做遍各種檢查，但因不親人，並有攻擊性，每次醫療都要鎮定，這對牠原本衰弱的身體極為不利。所以在傷口大致痊癒之後，就來到我家療養。我永遠不能忘記牠來到我家的模樣：腳上裹著繃帶，身上到處都是剃毛抽血和注射的痕跡，枯瘦、呆滯，彷彿行屍走肉，和過去那個獨立自主，調皮搗蛋的小夜完全不同！然而，就在我自責的眼淚落了一整天之後，半夜牠突然活過來了！好像突然間發現牠已離開了萬惡的醫院，而籠子的門是打開的！牠奔向我的懷裡盡情撒嬌，用牠沙啞的聲音不斷對我說話，訴說自受傷和住院以來，所有的痛苦。

我本以為小夜的個性不適合當家貓，但或許因為身體太虛弱了，牠在家裡非常安逸，在溫暖的被子上睡到四腳朝天。牠很安靜，也不吵擾我的睡眠，我對牠滿懷感激和愛慕。而牠也逐漸交出自己，直到有天晚上回家，發現牠趴在地上、屎尿失禁，送醫檢查出心臟病，於是帶回氧氣筒，準備長期抗戰，然而，當天凌晨再次發作，氧氣筒也救不回來，牠在我身邊嚥下最後一口氣。

在小夜之後來到我家的，則是前面寫到的那隻在我和室友書上尿尿的貓：甜粿。牠因腫瘤、口炎和淋巴病變來到我家，初來時消瘦不堪，現在則已肥碩不堪，每天睡在我身上。目前看來，一切都很好，而未來呢？未來並不重要。

貓咪們讓我學到的東西很多，包含老生常談的：活在當下、享受生活、好好吃飯、好好睡覺……這些說來簡單卻是最不容易做到的事。然而，牠們讓我體會最深的一件事卻是，真正的愛是不會消逝的，是永恆的。

這是非常強烈的感受：如果兩個生命之間曾經毫無保留地交出自己，把對方看得比自己更重要，那種從生命核心處透出的光亮和喜悅，你只能以愛稱呼它。那時你一定會知道：原來，這就是永恆！而這瞬間是不會消逝的，即使將來這兩個生命都死去了，但是，只要世上仍存在著像這樣的愛，這兩個生命就是永恆的。

又或許，讓我試著用另一種說法：只要曾經歷過這樣無與倫比的瞬間，你再也不會奢求其他的，就算是永恆，也不算什麼了。喵！

＊貓樣年華，本來假牙詩集想用這個書名，後來放棄，改成《我的青春小鳥》。

豆比

「綠豆」是一隻黑貓，因為眼珠是清淺的玉綠色，故得名。牠聰明美麗，卻不親人，每次來吃飯時，我都必須退到遠處，牠才能安心用餐，很符合一般人對黑貓神祕莫測的遐想，也是極少數我無法抓去結紮的貓。牠生過兩胎之後，身體明顯變差，有口炎症狀，精神食欲也不好，然而等我終於抓到牠就醫時，牠的狀況已經太糟了，不久，就因為愛滋和白血發病，過世了。

牠的第二胎小貓似乎有些夭折了，只剩一隻虎斑貓，綠豆對牠呵護備至，不僅哺乳期較其他幼貓更長，我還曾看見牠帶著小貓登上隔壁廢棄老屋的三樓陽臺，母女互相依偎著，一起觀賞落日。因為綠豆是如此疼愛牠僅剩的小貓，故取名：豆比（發音為：dobi，綠豆的小baby之意）。

豆比的個性和媽媽很像，非常怕人，雖然在失去媽媽之後，和我稍微親近了一點，但是依然神經兮兮，只要有點風吹草動，就會趕緊逃走，謹守母親的教誨：遠離人類，以策安全。

不幸的是，接下來換我生病了，開刀後傷口感染，在家休養很長一段時間，等我再次回到書店的時候，已有隔世之感。熟悉的貓咪們極盡所能地歡迎我，尤其豆比的哥哥小夜和小星，緊纏著我不放，其他的貓也為了爭取爬到我腿上的權益，不惜拳腳相向。

在這場歡迎貓奴歸隊的儀式過後，稍晚，我在露臺上整理東西，遠遠看見豆比來了，於是便退到遠處，好讓牠能安心用餐。沒想到，豆比突然像是全身通了電一樣，牠雙眼圓睜、騰躍而起，繞過露臺上的客人，全速奔向我！嘴裡發出歡悅的叫聲，鼻孔像蒸氣小火車一樣地噴著氣，在我的腳邊不斷地繞圈圈，表達最熱烈的歡迎。

這實在讓我太驚訝了，我從沒想過，以前那麼怕人，從未正眼看過我的豆比，竟然認得我！而且當牠還是幼貓時我就離開了，這麼長一段時間，幾乎是牠生命的一半，我都不在牠身邊，然而牠不僅沒忘記我，似乎還一直等待著我的歸來！

可惜的是，感動過去之後，豆比恢復原狀，依然很怕人，無法靠近，等年紀到了要抓牠結紮時，還得拜託高手來撒網。牠的媽媽是愛滋加白血貓，很慶幸他們兄妹仨都只有愛滋而已。

豆比的兩個哥哥都是黑貓，長得很像，個性卻截然不同。小星只愛我，小夜卻會照顧妹妹，豆比非常愛小夜哥哥。可是，小夜在一次不知是被狗咬或車禍之後，住院療傷，最後來到我家養病，三個月後，竟因心臟病發猝逝。

小夜過世後，有天晚上，我在露臺上跟豆比講起小夜已不在人間的事，一聽到哥哥的名字，本來伏臥在地的牠立刻站了起來，繞著露臺走了一圈又一圈，睜大眼睛往四周察看，等到確認沒有小夜的身影之後，牠燦爛的雙眼便黯淡了下來。

或許因為摯愛都離開了，或許因為習慣了我的存在，豆比愈來愈信任我，有天還帶了一隻壁虎來送我，眼看著壁虎將被玩殘，我趕緊將斷尾的壁虎收下，跟牠道謝，趁牠不注意時偷偷將壁虎放走。

等到豆比三歲多一點，也出現了疑似口炎的症狀，吃飯時嘴巴會痛，甚至伸出前腳打臉，完全和牠媽媽一樣；不一樣的是，牠的脖子四周有一些傷口，雖然不深，但是有好幾處，看起來非常可疑，總之必須盡快逮捕送醫。這時我雖然已學會撒網，卻也是費了好一番工夫才抓到。

送醫鎮定之後，醫生打開牠的嘴巴，我驚呼一聲，因為就連我都看得出，牠的牙齦很健康，醫生也鬆了一口氣，判斷豆比並沒有口炎，只是牙周病，而牠脖子上的傷口，醫生認為是被狗咬的，但是已經快要痊癒了，不需理會。當場醫生把右後方一顆蛀牙敲掉，就讓我帶回了。

接下來幾天，症狀有改善，可是不久，症狀又出現了，我不知如何是好，因為當時我父親病得很重，我經常跑南部探病，而我自己也爆發了嚴重的蕁麻疹，服藥後的副作用讓我很消沉。因此儘管我覺得豆比的情況不對勁，但是想到醫生說牠沒什麼好擔心的，也就抱著再觀察看看的苟且心態，如此拖延了一陣子，直到我實在看不下去了，於是，再次布下網羅抓貓。

送醫後，再一次鎮定檢查口腔，這次醫生還是說沒有問題，又敲掉了半顆蛀牙，就要我帶回，但這次我不願接受了，豆比已消瘦了這麼多，我要求醫生至少要驗血，沒想到，驗血的結果，豆比已經嚴重貧血，各項指數也很糟，更糟的是，醫院無法收留，我必須立刻轉院，並且找到輸血貓，否則豆比會有生命危險！

整個晚上，我心急如焚地聯絡幾家動物醫院，但是別家的醫生無法理解，為何在這麼糟的情況下還要轉院，結果我並未找到可信賴的醫院。第二天早上，只好就近找了一家醫院，將豆比送過去，朋友也立即帶了她的壯貓前來，很幸運地配對成功，當場就輸了血。

輸血後，豆比情況好轉，而且也適應了這家醫院，我就沒有轉院，但是，我請醫生再次檢查豆比的口腔，結果發現，牠雖然牙齦健康，可是，口腔結構不對勁，極可能是被狗咬之後，整個口腔都位移了，最裡面的牙槽骨，連白骨都露出來了，可是，前一位醫生居然沒有發現！

這一次，豆比終於把口腔內部都搞定，牠食欲大增，精神也很好，只是貧血症狀仍未明朗，醫生說是自體免疫型貧血，很難醫治。可喜的是，牠的情況已經可以出院，我便歡歡喜喜地帶牠回家。

只是回家之後，家裡的甜粿不吃不喝、不上廁所，每天躲在床底下發抖。我用盡辦法討好牠，可惱的是，只要甜粿從床底下出來，或只是從遠方偷看，被關在籠子裡的豆比就立刻發出不可思議的怪叫，那聲音很明顯是威嚇，也有故意玩弄的意思，我真沒想到長得如此清純無害的豆比，竟然會有這種心眼，而且還真的把體型兩倍大的甜粿嚇得魂不附體。後來我試著把豆比從籠子裡放出來，甜粿反而好多了，似乎牠真正畏懼的是會發出貓叫聲的籠子怪物。

就這樣，豆比過了一陣子快樂的居家生活。牠在家裡到處探險，每個胖甜粿到不了的高處，牠都上去查看一番；把紗窗當作貓抓板，並攀岩而上；把窗簾視為敵人，並與之纏鬥，最後終於被拉繩勒住脖子，發出悲鳴、向我求救……總之，牠居家之後真的是脫胎換骨，澈底放下包袱，變成了撒嬌鬼與跟屁蟲，甚至就連我洗澡時也不肯離開浴室，就趴在浴缸旁邊等我。像牠這樣陪洗澡的貓，我後來再沒有遇見過了。

豆比每天必須服藥，牠住院時每次餵藥都要出動一大群人保定，甚至要有人在旁邊吸引牠的注意力，可是在家卻必須由我一人搞定，這對我和牠來說都是極大的考驗。首先用厚重的棉被將牠緊緊蓋住，戴上頭套，用全身重量和力氣壓住牠，然後把膠囊塞進牠的喉嚨深處，確認沒有掉出來之後，再灌入三CC的清水。每餵完一次藥，我們都精疲力盡。用這麼粗暴的方式對牠，我覺得很抱歉，可是牠從未對我生氣，乖巧得令人心疼。

可惜，好日子過了沒多久，豆比開始食欲不振、精神萎靡，我發現牠又發起高燒，於是只好回去住院，接著又因為發燒原因不明，做了各項檢查，明明已經貧血了，還經常抽血，我很不忍心。有次探病，我發現前一天抽血之後，緊緊縛住前腳的膠帶沒有拿掉，牠的右前腳腫成兩倍大，甚至連右眼都腫脹變色！當場我便下定決心，要轉到臺北的醫院去了。

可惜臺北一家可信任的醫院沒有病房，醫生承諾會盡快讓某隻貓出院，誰知那隻貓的主人卻遲遲不來接牠，猶豫了一天之後，我決定不再等待，立刻轉院，這已是第四家醫院了。豆比在這裡住了一個晚上，隔天，那位醫生告訴我，豆比高燒不退的原因，是因為牠咽喉處有一個很深的傷口，應該是被狗咬的，可是毛已長全，其他醫生也沒有仔細檢查，拖了太久，以他們醫院的設備無法處理，建議我轉院。

直到這時，才終於發現豆比真正的病灶！可是，已經拖了一個月！我當下立即將豆比轉到臺北一家規模很大的動物醫院，並請所有專科醫生齊聚一堂會診，醫生們將豆比喉嚨的毛剃乾淨之後，露出那個被狗咬的可怕傷口，又大又深又爛！我既悲傷又震驚，不明白為何以前那麼多醫生和助理都沒發現這個傷口，包含我也是，為什麼連我也沒發現呢？此時，各科醫生都評估情況難以處理，最糟糕的是，經常抽血的牠，全身上下滿滿的針孔，幾乎已經無處可下針，可是，以牠的症狀來說，口服藥已完全沒有意義了，必須直接輸液進入血管才行……最後，見慣了大場面的主治大夫還是保持樂觀，她說：「我決定拚了！」

如此就開始了豆比住院，每天清創、灌食、使用各種抗生素和類固醇對抗細菌的日子。牠的病況時好時壞，有時會突然大吃，導致醫護人員擔憂牠腸胃受不了，有時卻虛弱不堪，甚至無法撐到探病時間結束就睡著。但我明顯感覺到，牠求生意志非常堅強，醫生也認為還有希望，所以我無法放棄。

那陣子我父親的狀況也很差，已準備住進安寧病房了，但是為了豆比，我很久沒有回去看他。電話中，父親問我何時才要回去？我支吾其詞，總不能說是為了貓吧？可事實就是如此，父親還有母親和其他家人照顧，豆比卻只有我，除了我以外，牠沒有其他的依靠了。

我盡量找時間去看豆比，每次去探病都叫牠要加油，直到有一天，我感覺到牠真的非常疲倦，意志力開始消沉，我終於忍不住對牠說：「如果你真的很累，就不要再加油了，安心離開也沒有關係喔。」那時牠已消瘦不堪、毛色暗沉，黃疸的雙眼已完全失去活力。

最後，終於到了這一天，醫生在豆比癲癇發作過後，面露難色地請我做出最後決定。我無法克制，當場痛哭失聲，然而，等我躲到醫院僻靜處，澈底哭過並擦乾眼淚之後，我告訴醫生，我選擇放棄治療，帶牠回家。

豆比回到家，開心得不得了，牠在房間裡繞了一圈，勉力吃了一點食物，並要求睡在我腿上。可是才過幾個小時，牠的癲癇又發作了，醫生說，這是死亡的前兆，但因為癲癇極耗費體力，如果讓這麼虛弱的豆比在癲癇中離開，實在太殘忍了。於是我不再猶豫，拿出醫生給我的直腸鎮定劑，使用後，牠平靜地離開了，全程，甜粿都在一旁默默守候。

豆比斷氣後，我將牠脖子上的紗布和繃帶取下，這才知道，牠清創過的傷口範圍這麼大，而牠的脖子，幾乎可用藕斷絲連來形容……雖然知道死亡是解脫，也欣慰牠終於遠離了病痛，更何況我也不是第一次為貓送終，但這一次，卻是我最悲慟、最不甘心的一次，因為我很清楚，牠很想活下去，而牠受了這麼多苦，全都是人為疏失，儘管醫生們的疏忽令人髮指，但我正是那個為這場災難埋下種子的人。

我不斷地追悔、惱恨，回想每一個步驟：如果當我發現牠不對勁的時候，不要糾結於不親人的貓該如何醫療的問題，而能夠更迅速地捕抓；如果我第一時間就送到可信任的醫院；如果我有足夠的判斷力，不要相信前兩家醫院的診斷；如果我更細心，堅持要醫生檢查傷口；如果我更堅強、更聰明、更果斷，如果我不要總是苟且過日子，總在事情發生之前就被恐懼所擊敗……換言之，如果我是一個更好的人，那麼豆比就不會受這麼多苦，牠會活下來，說不定此刻還在家裡，過著幸福快樂的日子。可是，一切都來不及了，我是如此無藥可救，即使在睡夢中，也在累積著自己的罪惡。

豆比死後，我失去了很多感覺。比如當時正值酷暑，可是當電風扇開了大半天之後，我才發現，原來只開了導風葉，雖然有轉盤的聲音，卻沒有風吹出來，但我一點都不覺得熱。

失去了這些日常的感覺，換來的卻是另一種奇怪的感覺。我不斷且明確地感覺到：這些事都早已發生過了——比如我把上半身伸進病房和豆比碰頭、親嘴，而牠發出各種可愛、可憐的聲音，向我傾訴；或者當我等待醫生為豆比做最後醫療時，一邊哭泣，一邊在附近巷弄間亂走，抬頭看見的浮雲——這些畫面對我來說，都有一種強烈的既視感，或許是巨大到無法承受的悲傷所帶來的幻覺吧？只是這幻覺，卻比日常的一切更加清晰。

我不禁想著，難道一直以來，我只是依照命運的安排行事而已嗎？依照我的基因、我生來的配備，依照我的性格而一路走向這命定的結局？果真是如此嗎？或者我只是試圖為自己脫罪？但就算是真的，在這條早已走過的路上，我仍被這命定的血花與淚花所擊潰。或許，當命定的眼淚流完，我虧欠給豆比或命運的債也就償清了吧？然而，不管經過多少年，只要想起豆比，眼淚總是停不了。

要說豆比是我照顧街貓的歷史上最痛的一頁，或許還太輕了，牠是我生命中最痛的一頁。

貓咪女王的缺憾與完美

第一次見到小缺是在街上，我正在餵食從二樓書店被趕走的貓，小缺聞香而來，睜著賊亮的一雙大眼，在稍遠處打量了我一陣之後，似乎認定此人合格，就毫不客氣地挨過來撒嬌了：喵喵叫、裝可愛、磨蹭、討摸摸、路倒……極盡諂媚之能事、無所不用其極，最後還把自己塞進我的大包包裡，意思再清楚不過了：「把我帶回家侍候吧，貓奴！」

不久，神通廣大的小缺就找到了二樓書店，牠第一眼看到我，興奮不已，馬上裝熟打招呼，對這個到處都是貓的陌生環境，似乎感到新奇又滿意。牠到處察看一番，飽食一頓，且把全部的貓都打過一輪之後，就選定某個最溫暖舒適的位置，把原本睡在那裡的女王可可趕走，躺下呼呼大睡了。我很吃驚，不敢相信世上怎麼會有這麼厚臉皮的街貓！從那天起，小缺就成了書店裡的女王，此後牠一直穩坐女王寶座，而且是書店任期最久、地位最穩固，空前絕後的一代女王。

我一開始並不喜歡小缺，因為當時可可是我最愛的貓，儘管牠也是把前任女王趕走，才得到女王寶座的，可是，可可這麼漂亮又聰明、可愛又搞笑，牠被趕走真讓我捨不得。相反地，小缺瘦瘦小小，一臉凶狠，花色還亂七八糟的，俗稱雜毛虎斑，怎麼能跟混有阿比西尼亞血統的可可比呢？無奈，小缺出爪快狠準，氣勢驚人，所以儘管牠個子嬌小，卻一下子就打敗所有的貓，我一點辦法也沒有。其實街貓生態就是這樣，想留的留不住，想趕的趕不走，貓奴的選擇權其實不多。

和小缺一起來的是小平，牠們都是一來就已TNR剪耳的貓，一缺一平，以此得名，我一直懷疑牠們是被結紮後異地放回的。但因為當時我還是新手，只結紮過一隻貓，剪耳方式我只見過平的，不知道有缺角的，再加上小缺應該是因為太會打架，兩耳都有缺角，我無法確認牠是否已結紮，就把牠和幾隻貓一起送紮。回來的時候，原本缺角的耳朵又挨了一刀，從缺角處剪成平的，一隻漂亮的耳朵剩下不到一半，只能用破爛不堪來形容，剛剪耳回來還滴著血，慘不忍睹。這件事讓我一直感到對牠有所虧欠，每看見牠的耳朵一次，就心痛一次，後來還因此對牠特別好，希望除了耳朵，牠能夠樣樣都不缺。

儘管心懷愧疚，但我對小缺仍無法發自內心喜愛，尤其看牠欺負弱小那種嘴臉，總是氣得我牙癢癢的。蓓蓓因為常被追打，壓力太大，甚至會咬自己腹側的毛，常看見一大團三花的毛落在地上或睡窩裡，身上也有明顯脫毛，讓人心疼不已。可笑的是，小缺也知道我討厭牠欺負弱小，會趁我不注意時打貓，每當我聽到淒厲的呼救聲，趕過去看時，牠總想裝作沒事的樣子，可是，打貓的現場一目了然，我當然知道是牠的傑作。有一次我實在氣不過了，終於趁書店無人，把牠痛罵了一頓，牠很不服氣，竟當著我的面繼續打貓，我大怒，一路把牠追趕到露臺上，牠也嚇到了，趕緊逃命，可是逃出去之後，竟還順手打了外面的老弱貓花花，我立刻把玻璃門打開，追趕出去，一直把牠趕到屋頂上為止。

等我氣呼呼回到書店，不知何時已來了一位年輕的客人，他遲疑了一會兒，終於說：「呃，請問，你剛才……是在追貓嗎？」我大吃一驚，很不好意思，只好據實以告，說小缺欺負弱小云云，那位客人同情地點點頭，又說：「養貓很不容易吧？」我不知如何回答，只好又說了一次實話：「不會啦，是開店比較難。」客人聽到我這麼說，無言以對，就在尷尬中結束了對話。

小缺的身體一直有問題，每隔一陣子就會出現嘔吐、食欲不振的情況，但幾乎都是第二天就好了，猜想是到街上跟遊客乞討一些亂七八糟的食物所致。奇怪的是，每次去醫院驗血檢查，指數都很好，即使要治療也不知從何下手。後來尿尿也出了問題，檢查後是膀胱有結晶，很明顯是水分攝取不夠。為了讓牠多喝水，我買了昂貴的多喝水水碗，有時還用手捧著碗勸牠喝水，並且每天帶牠到書店後面的廁所吃罐頭加水，配合服藥和處方飼料，一陣子之後，再去照超音波，膀胱已完全清乾淨了，我很開心。可是，每天遠離賤民般的眾貓，到裡面吃女王特餐這件事，在牠看來，已成了固定的儀式，是尊貴的牠應得的，是上輩子造孽的我欠牠的，牠不能忍受我有絲毫的怠慢。

於是，我的災難開始了。每天當我忙碌時，小缺就站在通往後面的門前，以威嚴的目光瞪著那扇門，嘴裡還不停叨唸著，若我不理會，牠就來糾纏我，吵鬧不休，最討厭的是，當牠吵鬧時，客人都會被吸引到我工作區附近，他們以為小缺是想撒嬌，都會過來關切，或伸手摸摸，或嘴裡喵喵叫的，還會問我牠怎麼了？是不是吃飯時間到啦？其實貓咪們的飼料是無限制供應的，牠們隨時可吃，根本沒有所謂的吃飯時間，我被迫經常回答這類的問題，變得很煩躁。更可恨的是，小缺很挑食，當我終於帶牠進去吃罐頭時，牠卻常常不吃！看牠一臉嫌惡、掉頭就走的嘴臉，我也只能咬牙切齒、莫可奈何，因為人家是女王，我只是貓奴而已。更別說當牠吃完（或不吃）罐頭，回到書店之後，大概兩個小時，就會再吵鬧一次，簡直要把我逼瘋了！

像這樣，我過著被小缺奴役的日子，天冷時給牠布置睡窩，儘管牠常棄之如敝屣（只要有別的貓睡過牠就不要了）；濕冷的雨天，牠也成為唯一能留在書店裡過夜的貓。儘管享有種種特權，我對牠卻還是隔了一層，這點我想牠應該也知道，所以更常找我麻煩，更愛欺負我偏愛的那幾隻貓，迫使我必須注意牠。回想起來，我們之間真正毫無隔閡的時刻，大概是在牠受了傷之後。

我記得當時牠的傷口被卡通圖案的繃帶包紮起來，行動不便，無法追打其他貓，心情很糟。因為必須按時餵抗生素，因此，我連休假日也要到店裡找牠。那段時間，我對牠特別溫柔，而牠因為受傷，無依無靠，所以更加依賴我。在那之後，我只要看牠一眼，牠就會立即攤開肚子、四腳朝天，深情款款地一邊注視著我，一邊翻滾，對我表達全然的信任。我看見牠那個樣子，一方面有點不習慣，一方面又覺得實在太可愛了，我親牠，牠也會回應，我摸牠肚子，牠還會發出歡快的呼嚕聲。慢慢地，和牠的那層隔閡，就此融化了。我已不再介意牠滿腦子餿主意，對我頤指氣使，我也相信牠欺負弱小，只是街貓求生存的必要手段。經過這個階段之後，小缺在書店裡，以及在我心裡的位置，就一致了，牠是女王，已毫無疑問。

女王寶座一坐就是六年半，這段期間牠也成了書店最廣為人知的貓。幾乎所有客人都拍過牠的照片。牠經常躺在書上，意圖勸誘客人買下某一本書，可是當客人想從牠肚子底下抽書出來看時，牠卻擺出一張凶狠的臭臉，通常客人都不敢造次，甚至會來求救。夏天時躺在冰冰的玻璃桌上，冬天時會到客人腿上取暖，或者一屁股坐在客人的包包和外套上面。牠的粉絲逐漸增多，很多人讚美牠一邊撒嬌一邊擺臭臉，霸氣和可愛兼具……有一年過年，牠甚至收到了紅包！上面寫著：「我要感謝小缺女王，她曾在我最失意的時候安慰了我。」

二〇一七年春天，牠又出現食欲不振的症狀，我本以為牠老毛病又犯了，可是，這次不太尋常，牠一直去蹲貓砂盆，解出來的東西很少，而且看起來好像帶血，這當然不對勁，我立刻把牠抓起來送醫。但因為取樣太少，不足以判斷症狀，醫生只開了腸胃藥，但是他叮囑我，如果有更多排泄物，務必立刻帶到醫院化驗，於是我又帶著小缺回店裡。

回程可能因為我搭錯公車，耽擱了不少時間，小缺一回店裡就立刻上廁所，這次真是不得了，排出了流量驚人的血便！我毫不遲疑用容器接起來，幾乎完全沒沾到貓砂，接著立刻急奔到醫院去。因為剛才搭錯車，我想這次乾脆用跑的，到醫院時我氣喘吁吁、滿頭大汗，醫生看到那團血便，臉色大變，他說：「你應該也覺得這不正常吧？我驗一下貓瘟好嗎？」我答應了，一會兒之後，答案揭曉，竟然真的是貓瘟！

兩位醫生和助理面色凝重，跟我說貓瘟的嚴重性，不僅病貓可能無法存活，甚至連和牠一起生活的貓也都有危險，尤其是愛滋貓，可是，因為沒有隔離病房，他們無法收留小缺，我必須尋找別家醫院……走出醫院之後，我淚如雨下，全身發抖，但我知道我沒有時間軟弱，必須立刻振作起來，於是稍微冷靜下來之後，我打電話向一位貓友求救，請她幫我找願意收留小缺的醫院。

當下我的幾位貓友立即動員起來，很快找到願意收留的醫院，並且帶著衛可消毒粉到書店裡，好讓我將環境澈底消毒，避免其他貓被傳染。另外兩位貓友則幫我去另一家醫院購買血清，晚上我帶著小缺搭計程車去醫院，不久，貓友就帶著血清抵達。

值得慶幸的是，儘管小缺罹患了貓咪最可怕的傳染病，可是，牠已經八歲了，貓瘟對幼貓的殺傷力很大，對成貓還好，況且牠過去有施打過幾次疫苗，再加上發現得早，幾乎是第一時間送醫，所以收留牠的醫生對病情非常樂觀。

接著幾天，我一有時間就去看小缺，醫護人員跟我說牠精神食欲都很好，一定沒問題，我也放心多了。有天下午我到醫院時，助理跟我說：「今天已經開了三個罐頭。」我大吃一驚並哈哈大笑，對籠子裡拚命撒嬌的小缺說：「你根本是住院騙吃騙喝吧！」

在小缺住院期間，我詢問了幾位家裡沒養貓的朋友，希望有人可以暫時收留小缺，直到牠病情穩定，沒有傳染疑慮為止。很快找到一對好心的夫妻，我先買了一批貓咪用品寄過去，請他們準備好，等到小缺出院當天，我們就一起到醫院接牠去新家。順道一提，這時的小缺可是胖了好大一圈啊！

大家應該知道，貓咪對環境很依賴，剛到陌生環境時，一定會很驚恐，可能會躲在沙發或床底下，通常會躲好幾天，可是，小缺到達新家時，似乎完全明白是怎麼回事，牠雙眼亮晶晶，尾巴豎得筆直，到處巡視了一遍之後，臉上露出一副很滿意的樣子，然後，就在沙發上躺了下來。看牠一副好像已經在那裡住很久的樣子，躺在沙發上用力拍打尾巴、舔爪子，我就知道這傢伙沒問題了，跟小缺新主人（或說是新貓奴）交代了一些注意事項，就離開了。

大概半個月後，我再去看小缺，牠一見到我就高興地跑過來迎接，滿嘴喵喵叫，說話說個不停，突然之間，牠愣了一下，眼珠子滴溜溜轉了一圈，似乎想到了什麼，接著，竟然一溜煙跑去躲在沙發底下！一直到我要離開，牠都沒有出來。新貓奴疑惑地說：「怎麼會這樣？有時有客人來牠也會躲起來，但一下子就會出來，從沒有躲這麼久過。」我笑著跟他們說：「小缺是在擔心我帶牠回書店啦！」新貓奴聽了大笑不止，然後他們小心翼翼地問我：「我們是否可以收養小缺呢？」我當下自然是點頭如搗蒜，幾乎都要跪下來叩謝了，這正是我求之不得的啊！

離開的時候，我滿心歡喜，難以形容。可是，當我在捷運月臺上候車時，眼淚竟然止不住地落了下來，和小缺一起生活六年半的回憶，一一浮現在眼前……為什麼我會哭呢？我問自己，是太開心嗎？是卸下重擔之後的輕鬆感嗎？然後我才知道，原來這就是捨不得，是捨不得啊！

此後，小缺改名花花，在新家繼續奴役新貓奴。為了女王要賴床，新貓奴不敢摺被子；為了女王挑食，新貓奴買了許多不同的罐頭；為了女王發福的身材，新貓奴花很多時間陪牠玩逗貓棒……前陣子再去看牠，牠不再躲沙發底下了，但我發現牠的肚子大得不得了，乳頭也腫脹，很擔心有問題，拜託新貓奴帶去檢查，不久他們傳訊給我，醫生的回答是：「女王的肚子上面，全都是油！」（「油」字彷若有回音盪漾……）

經歷過這麼多波折之後，我心裡總有個念頭不斷浮現，我忍不住懷疑：難道這一切，都是女王自導自演，只為了找到專屬的貓奴？當然我也知道這個念頭太荒唐了，連自己也無法相信，可是回想這整件事，一股受擺布的感覺卻又揮之不去……好吧，不管怎樣，只要結局完美就好了。現在的女王小缺終於，什麼都不缺了。

貓即真理

野貓

我喜歡
在那裡呆一下
假裝自己也像那樣
曾經那樣
或即將那樣

眼底有光
性格頑強
跑起來像霧
睡起來像豬

能飛翔於屋瓦之上
接近過閃電與風
接近過銳利的爪
荒廢的夢境
滿月託付的秘密

並且曾在某個黑暗的邊緣
就像一顆即將凝結的露珠那樣
就像一顆即將蒸發的露珠那樣
深深地了解過
一次
盛開的黎明

在破碎的血光
與凌亂的毛髮

並且對於自己犯下的滔天大罪
從不懺悔

*二〇〇七年五月二十八日，寫給出沒於書店露臺上的街貓們。

既徒勞又無聊

當最後一粒微塵
從躁動的翅膀中落下
最後一個音符
從旋轉的光束裡黯淡

它早已離開了
連一剎那都不存在
甚至不需回首依依
也沒有需要掩埋的屍體
時間從未按照刻度行走
既不是什麼深邃的長廊
也沒有破空而去的一枝箭鏃
穿過誰的心臟

從遠方借來的幾個字
也許是曾經活過的證據
也許是借來的幾塊碎布
用借來的針線縫補

借來的月光
必須在期限內歸還
姣好的倒影悄悄移動
正要離開這片遼闊的海洋

＊二〇〇八年一月二十三日，寫給一月十七日死在書店露臺紙箱裡的臭屁仔。

寵／物

1.

不知道那是多麼巨大的空無急待填補
不知道那是多麼深的寂寞無助
偶爾當他熱切的注視
異常溫柔的撫觸
我慶幸自己不會使用他的語言和文字
而他是如此地愛我
即使只為了這個緣故
他是如此地愛我

2.

雖然只是最簡單的日常生活
不知道為什麼
他們卻無法做到
於是他們面帶微笑
偕同家人與親友一起觀賞
甚至公開影片在網路上
與陌生人分享
我歡快的進食
心無旁騖地睡著
自在地跳躍或者滑倒

3.

如果沒有我
不知道他們該怎麼辦
當他們共同的話題只剩下我
他們一起注視著我
以避免眼神的碰撞

4.

每天當我聽見巷子口的腳步聲
我便站在門口仰頭等待

不僅僅是食物
還有他花了一整天生產出來的
全新的牢騷與痛苦
雖然在我看來
那些和過去的並無不同
似乎他闖盪在外的那個大千世界
比我侷促於內的斗室
還要乏味與狹小

5.
當然我是他意志的延伸
只要他依然如此深信
他就會繼續服從我的指令

6.
只有在我堆滿食物的碗裡
他的存在才得以確認
在我逐日累積的脂肪之中
他終於感覺到腳踏實地了
甚至可以說是四肢著地

7.
每夜我進入他的夢境
為他驅逐惡魔
雖然他不明白其中原因
但他偶爾也能感覺到幸福了
偶爾也能感覺到一股茫然的勇氣
當他抱著我沉沉睡去
在最深的黑暗之中
他微張的眼瞼顫慄如星

8.
我生病的時候
他拉扯頭髮大聲啼哭的樣子
似乎顯示他身上的痛苦更甚於我
然而當我死去之後
他很快找到了代替的事物
不過那其實也是我

他永遠不會知道

9.

當然他也能付出愛
他的心底有一根脆弱的弦
總是被我的憨傻與無助
輕輕地撥弄
尤其他是如此地深深著迷
渴望探究隱藏於我體內的
劇痛與血淚的意義
這迫使他必須親手支解
一次又一次
直到我們的肉體
重獲自由

*二〇〇九年三月十一日

10.

當賜予我食物與屋頂的人將我趕出家門
我不斷地回去找他
又不斷地被交通工具載到更遠的地方丟棄
即使是鞭打與羞辱
甚至是屠殺
亦不能使我悔改
我不知道我為什麼要繼續愛他
造物將我造成如此
在我體內的某個位置
充滿了慈愛的光芒
豐沛的悲憫與寬容
這是祂殘留在世上的
最後的心跳

結紮後的街貓

我看著牠變得圓潤、懶散
半夜不再去河邊散步
不再能打贏入侵牠地盤的四腳動物

漫長的夢境
被銳利的刀刃
切成兩半

我不知道哪一半是黑
哪一半看起來更暗

牠是否願意醒來
或者寧願留在
另外那一半

＊二〇〇九年六月二十八日，結紮後的街貓須剪去耳朵末端為記，以防被他人二次送紮，但是當時「巧克力」的耳朵卻被醫生剪掉一半，鄰居小女孩為牠取名：「一半」。

〇・〇一八秒

我左手捧讀一本詩集
句子通過我
來到了一隻飛行的鳥

我右手撫摸一隻貓咪睡夢中的額頭
句子通過我
來到了同樣一片飛翔的天空

唯有在這樣的剎那
輕輕的雷聲通過我
句子找到它的光亮

唯有在這些滿溢出來的剎那
純粹的悲喜通過
肉體的自由

詩無處不在
只是我們
經常不在

＊二〇〇九年十月四日，寫給第一次懷孕的小芝。
＊一剎那＝〇・〇一八秒。

生／日

這一天，我聽到某種召喚
那絕非來自光明

這一天，我感受到喪子之痛
但我卻沒有兒女
我失去所愛
卻不知我愛的是什麼

這一天，我只想大睡一場
從另一個夢中醒來
丟掉必須穿衣的禮貌
胡思亂想的惡習
露出尖牙與利爪

這一天，我想要記住
活著就是一種恥辱
我的美德與笑容
都已耗盡

這一天，我想要知道
什麼樣的人
該受什麼樣的苦？
什麼樣的夢
才會是最後一個夢？

＊二〇〇九年十月十一日，寫給這天生下第一胎的小芝。

貓咪的數學課

儘管我的數學是如此差勁，但是在我的心中有一個精準的天平，
而我相信，貓咪也有另一個。
或許那很接近詩。當這一場雨落下，雨聲清洗著一隻幼貓死去的身體，
但我明白，牠曾快樂。
牠曾依偎在母貓的懷裡，用牠的肉掌推擠出濃郁的奶汁，
讓媽媽舔牠曾經柔軟的頭顱與身體。
牠曾與兄弟姊妹相依為命，在屋頂與樹幹上嬉戲，
讓兄弟姊妹們圍繞著牠，牠曾香甜地睡去。
牠曾打翻兩個盆栽，弄死幾株美麗的花兒，撕破一扇紗窗，
幾乎要抓住一隻五彩斑斕的大鳥。
有人曾經愛牠，而牠也愛著那個人。
當牠在滿佈落葉與石塊的小巷裡等待，牠曾享受過陽光。
即使眼淚與悲傷，曾經在我的天平上搖搖晃晃，
有好幾次，這些沉重讓我的天平失去了平衡。
然而我很確定，我很確定，牠的幸福遠超過任何一位，

長年坐在冷氣空調裡，長命百歲的人。
我很確定，當我們避開路旁的貓屎與草叢間的野花，
我們避開眼淚與悲傷與各式各樣的磨難。
我們也選擇了避開快樂，似乎我們從來不想要它。
似乎我們從來只渴望過著安穩單調的日子。
儘管我的數學是如此差勁，但我了解苦與樂總是相襯的。
世界以這種最簡單的方式自我平衡。
並且說服了我們這些，不那麼幸福的人類。
願意在雨中守候，在陽光底下如貓一般跳躍撲騰。

*二〇一〇年四月六日，寫給死於腹膜炎的小橘金沙，以及一群死於貓瘟的小貓。

分心

我不知道要先看哪一個？
右邊是夏天傍晚的天空中
逐漸浮現的星星
左邊是將我的手指
誤認為美食的小貓咪
前方是被晚霞染成粉紅色的
河流與海洋
樓下則傳來一群人
快樂呼喊著什麼的聲音

每一個我都想看看
但每一個我都錯過了
因為那時我正想著
一隻病危的貓咪

牠的眼睛很美
牠的聲音很甜
牠可能再也看不見
我眼前的風景

我從來不曾見過
牠眼裡的風景

＊二〇一〇年七月五日，寫給肉腳（臺語）。

意義是苦的

牠的痛苦在我眼前具體呈現
一隻垂死的貓
抬起頭來望著我
牠的眼底寫滿了話語
我一下子就懂了
那是驚恐與喜悅
依戀與告別
還有更多更多更多
我無法用文字書寫

牠的眼睛在痛苦中
分外燦爛
於是我終於發現

在這個黯淡的世界上
有比星空更美的燦爛
有比想像中的星空更為燦爛的美
我摸著牠的頭請求原諒
我握住牠的手卻不是為了挽留

與其想像死後的世界
不如想像受苦的意義
與其想像受苦的意義
不如說意義都是苦的
與其說意義都是苦的
不如說如果沒有苦
甜蜜毫無意義

＊二〇一〇年七月十日，寫於肉腳死後。

苟活與貓活

總是有幾首詩
還沒有被寫出來

總是有幾隻老鼠
還沒有被貓咪抓到

總是還有
一口氣

一點點值得
盼望的東西

＊二〇一一年一月十五日

流浪／貓

在淒風苦雨的寒冬夜晚
流浪的意義更加引人思索
自由如果曾經許諾過什麼
那絕不是舒適的生活

＊二〇一一年一月二十四日

同樣的原因

使一隻貓像一鍋沸騰的水那樣呼嚕呼嚕起來的快樂
同樣也可能發生在人的身上
親情與友誼
美食與愛撫
人可能因為同樣的原因而快樂
人可能因為同樣的原因而不快樂

*二〇一一年一月二十八日

事情是這樣的

今天是一隻獵殺了白頭翁的貓
明天則是一隻被野狗群咬死的貓
因為無知而死
不會是一種快樂的死法
因為知道太多而死
也不會是一種痛苦的死法

短短的一生只能做好一件事
漫長的一生連一件事也做不好
有誰能夠面無愧色地領取
屬於自己的無知和痛苦
有誰能夠以獵人的身分懺悔
在成為獵物的時刻滿心歡喜

＊二〇一一年三月十八日，寫給遭狗群咬死的阿哉。

貓咪的慈善事業

吃飽睡
睡飽吃
該拉屎的時候就拉屎
即使牠們只是這樣
過著屬於自己的
貓日子
卻撫慰了許多人的
空虛的心靈
治療過許多人的
無知與傲慢
即使牠們無意行善

即使牠們更樂於殺生
但是牠們卻
救人無數
每當牠們吃飽後入睡
再一次
從夢中醒來
世界已被拯救過一次
牠們是我們的
已經失去的樂園
牠們是我們的
永恆的鄉愁

＊二〇一一年六月五日

天使的責任

天使們的責任在於
他們不知道自己是天使

他們沒有翅膀
也沒有光環
唯一的特徵只有一點
那就是
他們必須受苦

總是在寒冬的深夜裡
在最血腥的位置出現
收拾惡人們留下的爛攤子
一隻被捕獸鋏夾斷腳的流浪貓
幾隻從捕狗陷阱裡逃脫的流浪狗
脖子纏繞著鐵線或者麻繩
手掌被惡狠狠地切掉

地獄的惡火
延燒到人間
彷彿就燒在他們的身上
但他們沒有時間流淚
也沒有時間詛咒惡人
即使有眼淚
從他們臉上流下
那也不是為了自己

那裡是地獄
那裡是罪惡的深淵
但是在這個萬惡的世界上
如果有天堂

也只存在於那個地方

在痛楚與淚水的盡頭
有幾個人用厚重的棉被緊緊包住
一隻受苦的流浪動物
往人間僅存的光亮處走去.

天使們沒有翅膀
也沒有光環
有的徒步
有的騎乘機車
每一個都睡眠不足

*二〇一一年十二月二十九日，寫給流浪動物志工們。

平常的一天

晨起至傍晚，沒有打開電腦和手機。洗衣、打掃，清理貓砂，餵貓咪和自己吃藥。清洗蔬菜水果給自己吃，讚嘆一顆本地生產的柳丁，為什麼可以這樣甜美多汁，而且又這麼便宜。而後清蒸一片海魚，給貓咪吃。貓咪就像我一樣，不吝於對美味表示讚嘆。

寒流減弱，雨勢稍歇。觀音在雲層的縫隙間，露出一小段山稜線。河流隱沒在水霧中，夜鷺依然隨著漂浮於水面上的木樁，呆呆地，往出海口移動。

手術後的傷口逐漸好轉，我終於可以側睡了，我終於可以痛痛快快地沖一個澡。從死神手上搶救回來的貓咪，狀況暫時穩定了。每天依然用牠的頭抵住我的臉頰睡覺。貓咪作夢時，全身抖動，耳朵在我臉上急速拍打，我幾乎能夠觸摸到牠的夢境。

那裡有獵物和敵人，有飛鳥、大樹和蟬鳴。那裡也有我，我有尖牙和利爪，有毛茸茸的身體，用一條砂紙般的舌頭，為我的孩子理毛，清理眼屎和耳垢。

因為確知分離存在，並且可能，非常接近。我們在平常的每一天裡活著，甚至不曾意識到，平常的一天，就是美好的一天。

直到有一天，我們曾安靜度過，且彼此擁有的每一天，會從此時此刻岔開來，融化於一扇窗玻璃，一對轉動的眼珠子，成為另一個人，另一隻貓咪的夢境。

＊二〇一三年十二月三十日，寫給金沙。

給永遠的金沙

謝謝你
教給我的許多道理
你說不要講道理
不要婆婆媽媽
不要憂慮未來
重要的是
吃飯和睡覺
遊戲以及相愛

此刻陽光正在窗外
始終被星光收藏起來的祕密
從我們的眼底
洩漏出來
謝謝你
我閃閃發亮的小天使

若是沒有你
我將不會知道
世上確實存在著純粹的愛
因為你的指引
我才能從自己站立的狹小空間裡
走出來
到達了前所未見的地方
我只能將那裡稱之為夢境
足夠看清現實就是虛幻的
那種夢境

謝謝你
若是沒有你
我將不會知道
愛確實能夠將呼喚與應答

完美地結合
此刻的我
已心滿意足

透過淚水看出去的世界
是模糊的
宇宙的意志
昭然若揭

＊二〇一四年三月十日，寫於金沙死後。

足夠的理由

失去摯愛以後，第五天。我彷彿是以另一雙眼，撫愛著車窗外的田野與山脈。矮小歪斜的農舍與錯落雜亂的菜園。春天裡的樹，有些開花了，有些落葉，都依照時令的安排。有些樹我能叫出名字，有些樹只有在開花的時候，我才能將它辨認出來。但是這一點關係也沒有。在這個規律的世界上，有些東西是隱藏起來的，但是到了某個時候，它會回來。

等候交會列車時，我的窗前是一棵曾被截肢，而今又已重新茂密的樹。各種色階的綠葉，護住它的斷肢。而那已經不可能完美的樹冠形狀，就像一匹駱駝。它獨自馱負著什麼，在這個荒漠般的世界上。闊葉在風中輕盈翻捲，裡頭有無數的鳥雀飛出，歌聲和香氣，也彷彿從中流洩出來……那時我幾乎想說：它是快樂的。

後座一對無法止住孩子啼哭的父母，開始將怒氣發洩在彼此身上。前座一對仍然相愛的男女，因為女孩無法忍耐一通電話的干擾，男孩臉上出現一抹陰影……我不想這麼說，但他們悲傷的未來，清晰地，浮現在我眼前。我彷彿看見，此刻垂掛在我臉上的眼淚，即將轉移到他們的臉上。但眼淚終究是好的。

在這個悲傷的世界上。每個人都必須依賴某些事物：愛情、親情、友情，或者毛茸茸的小動物……等到這些都不在了，我們出發去尋找其他的，因為，虛無的生命需要找到，足夠的理由。有時就連天空裡的雲也好，就連休耕期間開了一地的波斯菊，也有足夠的力量。我的摯愛，我知道你沒有離開。在前往車站的路上，我摘下兩枚熟透的桑葚，撿到一顆掉在地上的楊桃，吃了。一股金黃色的汁液在我體內流動，帶給我力量。我知道那也是你，你無處不在。

田埂間的鷺鷥佇立，並非沉思，是為了等待獵物。陽光穿透厚重的雲層，在天空中打開一扇光亮的窗，而後又關上了，細小的雨珠從那裡，來到了這裡。那是一串又一串，小小的腳印，斜斜地打在車窗上，節制而精巧，顯然也遵循著某種規律……這些，都留在我的心裡，而後，我會忘記。是的，我的摯愛，我可能會將你忘記，但是沒有關係，有一天，你將會回來。

在這個無情的世界上。我的摯愛，你知道的，在我失去了摯愛以後，我還會有另一個摯愛、另一個摯愛……火車離開鄉間，車窗外開始出現高大的樓房、辦公大廈、各式各樣喧鬧的招牌、在平交道前等候的人群和車輛……我煩惱的由來，我喜樂的由來。我回來了。

*二〇一四年三月十四日，寫給金沙。

打掃

把你的碗盤洗乾淨，逗貓棒收在櫃子裡。
洗過的毯子上，仍然有你金黃色的毛。
書架角落裡，發現一顆你偷偷吐掉的膠囊。
一整箱為你買的貓咪用品，甚至還沒拆封。
以為你會喜歡吃的魚，丟進了垃圾桶。

每當灰塵揚起，深藏在四壁間的你，就會出來走動。
在門口傾聽鄰居的動靜，在窗臺上咬嚙一盆小麥草。
擋住我來回走動的腳步，把你的大屁股放在拖把上面。
那本當是甜蜜的，回憶緊追著我……

每當我停下來，你用你毛茸茸的額頭，輕輕貼著我的。
那時，我們不用說話，把眼睛也都閉起來。
我們一起回到了，那個最初，也最深的睡眠裡。

我只能想像你現在就是這樣，你睡著了。
而睡覺正是你最愛的。所以，一切都很好。
曾經折磨你的病痛，都留在我這邊吧。
如今，就讓我一個人，慢慢地，把家裡打掃乾淨。

＊二〇一四年四月八日，寫給金沙。

是來歷，也是去向。

每一滴眼淚
都是從遠方而來
朝向未來流去

為了一隻貓咪
曾經親吻過
我的眼睛

＊二〇一四年五月六日，寫給金沙。

金沙與我

朋友們總是說，金沙是我最愛的貓。
其實不是的，金沙不是我最愛的貓，而是我在這世界上，所有最愛的人、事、物的總結。
是我所能得到與付出的，愛的集合。
是我向來羞於說出口的，愛的代稱。
是愛的奴僕與主人，愛的呼喚與應答。
是宇宙向我傳達的一種無以名狀、無上甚深的意志。
是從觀音山和淡水河裡淬瀝過的沙金。
是陽光、空氣、花和露珠裡的金色光芒，也是我生命裡最燦爛的金光黨。
是我的金色小王子和小狐狸，我的金色玫瑰和小行星。
是我從黑暗裡找回來的一點點光，我從絕望裡找回來的一個，足夠的理由。

＊二〇一四年五月

「這樣就夠了。」

世界總是模糊不清
窗上總是布滿灰塵

窗口曾經有一隻貓
後來沒有了
貓的身邊曾經有一個人
後來沒有了

有一朵雲
第二次經過這個窗口時
將身上的棉絮
輕輕的
鬆開

*二〇一四年七月七日，寫給金沙。

一整捲
又一整捲的藍天
慢慢的
往西邊收回來

然後
月亮昇起

我們還有星星
我們還有夏天的晚風
送過來的花香

河面上
水波盪漾

我的光亮和影子

這個屋子裡
起先來了一隻金黃色的大貓
牠是如此明亮而耀眼
像這個世界上所有
最確切的存在
在你生命中刻鏤下
最深的一道光芒

你因此而盲目了
當有天早晨醒來
發現世界已失去了光

而後
像是這道光芒的回音一般
一道安靜的黑影來到

在這屋子裡落下
幾個腳印
一個逐漸清晰起來的身影

儘管牠沉默寡言
彷彿對於自己的存在
仍未確認
對於你為牠布置的睡窩
各種食物和營養品
都感到惶惑不安

然而影子逐漸靠近
逐漸落實
偶爾你也會發現
隔著一層被子
牠將手掌輕輕地
搭在你的身上

在寒冬的夜裡
你從夢境往外窺探
發現牠用一雙黃澄澄的眼睛
照亮了你眼前的黑暗

不管那是光亮
還是影子

當你抱著牠們前往醫院
為了牠們永無止盡的病痛
而痛哭流涕
當你為牠們理毛
為了無法永遠陪伴牠們而致歉
那時牠們抬頭凝望著你
那眼神如此篤定
彷彿牠們早已存在此地
而你則因為牠們的確認
逐漸成形

逐漸落實
終於
也有了自己的
光亮和影子

＊二〇一四年十二月十一日，寫給金沙和小夜。

永遠的小夜燈

而後我想
你一定是從很遠的地方來的
來到這裡一趟
度過只有你自己知道的
喜樂與悲傷
造物一如往常的
不會因為你純真善良
就給你一輩子的幸福和平安

愛滋病的體質
與惡犬的咬嚙
各種病痛對你展開攻擊
你默默地忍受著
直到最後三個月
你來到了我的身旁

而就在狀況都已好轉
毛色逐漸豐潤起來的時刻
就在我放下心來
打算與你長相廝守的時刻
造物狠狠地出手
將你奪走
以醫生稱為心臟病發的方式

你在我的手心裡
結束了最後的掙扎
在那終於平靜下來的身軀裡
夜色流洩而出
白茫茫的雨雲
遮住了觀音山的臉

你死後第一天
我待在我們的床上
哪裡也沒去

傍晚的霞光裡
飄過一朵灰黑色的雲

你死後第二天
在上班的路上我發現
風鈴木已經開滿了
紫荊花已開了三成
每年搶先綻放的那株山櫻
已開出了第一朵桃紅

世界繼續
你的弟弟和妹妹繼續
過著和以前一樣的日子
我也是一樣
只是我不斷想著
和你在一起的每件事
都已成了往事

曾經你那黑到發亮的身影
讓我照見自己
我的懦弱與不安
我的謊言與羞恥
都在你的光照之下
無所遁形

儘管如此
日子仍將繼續
你的黑影在我的腳下
逐漸加深
就像我已被這個世界
牢牢地抓住
我每走一步
都要留下一個深深的腳印
那是我尚未走過的路
那是你曾經走過的路

儘管你的愛更深
但我愛你
這是我知道的
唯一的永恆

＊二〇一五年一月二十六日，寫於小夜死後。

貓與真理

這是迷路
是時間的陷阱
是空間的另一邊

當我坐在窗前
車行的聲音與鳥鳴
河流和雲的倒影
一如往常

而那兩隻已經不存在
於這個房間裡的貓
仰臥於我的兩側
露出了毛茸茸的肚皮

我們一起享受著
冬天裡的陽光
安安靜靜
不需要言語
在光影之間
任意穿越

這是生與死的界線
是宇宙的邊緣
當你們回到我身邊
一如真理來到眼前

而我知道這是
理所當然的
是月亮的反面
是一場夢

儘管我從未
如此清醒

*二〇一五年二月一日，寫給金沙和小夜。

地圖與星圖

在這之前，我從未在一個地方，住過這麼長的時間。
幾年的時間裡，這熟悉的河岸，以及我的身體，都曾因為人為的施工而改變。
儘管曾經傷心，但我沒有離開。每天、每天，依然遊走於河的兩岸。

人工的水岸接受了時間的修飾，逐漸形成了蜿蜒的線條。
因為工程而死去的黃槿樹，永遠地，留下了綠蔭，和滿地的落花。
曾經沿著河岸停泊的舢舨船，至今仍然在月光底下，隨著潮水而起伏。
夜鷺也依然站在船頭，永遠的。
春天的苦楝，吶喊一樣的花香，不讓人將往事遺忘。

而我曾經在這裡，正對著觀音山的河面上，灑落一隻貓咪的骨灰，幾滴眼淚。
當時的陽光也隨之而灑落了，點點金沙。
此後當我望著這一帶的河岸，那天的陽光依然對我，閃耀著光芒。

在另一端的小巷子裡，每天餵食的貓咪，突然倒臥於一個冬天的雨夜裡。
牠那已經失去了靈魂的身體，成為一片難以忍受的絕望和黑暗之中，唯一的亮點。

緊接著，時間來到了一個夏天的傍晚。
連喪葬費都付不出來的我，將一個沉重的紙箱子，遞給垃圾車上的工作人員。
對方什麼話也沒說，而我也沒有告訴他，裡面的這隻貓咪，是多麼地體貼又溫柔。

再過去一點點的停車場，曾經有一隻帥氣的短尾貓。
牠的女友眼睛很美，頭上彷彿停著一隻蝴蝶。牠們生下了一窩漂亮的小三花。
我最後一次看到牠們，消瘦的貓媽媽，正為了到處亂跑的小貓而煩惱。

後來短尾貓又交了新的女友，是一隻美麗的黑貓。牠們夫唱婦隨，過著幸福的日子。
直到有一天，我將短尾貓抓走，帶牠去醫院結紮。
很快地，牠的屍體被發現在更遠處的河岸邊，沒有人知道死因。

在這張地圖上，從不缺乏討厭貓的鄰居、捕獸鋏、橫衝直撞的機車，還有，狗。
在靠近短尾貓陳屍處的夜市裡，有隻貓被路人發現時，腳上掛著捕獸鋏已經很多天了。
牠幾乎死去，斷肢藕斷絲連，就連身上的跳蚤，也都離開了牠。
有天夜裡，一隻撒嬌的聲音總是拉得很長、很長的幼貓，倒臥在這張地圖的正中間。
也就是我的門口。牠的頭顱破裂，鮮血綻放如花。

從牠那微開的嘴角發出的，只有沉默。

同樣的位置，另一個夜裡。一隻黏人的小母貓，遭到狗群圍攻，送醫不治。牠的媽媽親眼見到這一幕，卻無能為力，此後，牠變成一隻見狗就打的怪貓！在街坊間成為笑談。直到有一天，牠也敗給了某隻惡犬。

又過了幾年，一隻在河岸邊遭遇狗吻的黑貓，勉強來到二樓。我將牠帶回家，細心照顧牠。三個月後，狀況逐漸好轉的牠，死於心臟病發。

我永遠無法忘記，那個冷到骨子裡去的清晨。但我也將永遠記得，牠在海邊火化之後，曾化為一朵烏雲，回到河岸邊。將滿天的晚霞抹去，換成一片燦爛的星空……

儘管這張地圖，總是因淚水而模糊，但前方的路，卻是愈走愈清楚了。我想那是因為，我的愛都到了天空中，牠們的光芒耀眼，照亮了，仍在路上的我。

＊二〇一五年二月四日，寫給天上的河貓們。

「我們」

這是悲傷送給我的
禮物

是透過一雙淚眼
所看見的
答案

所謂的永恆

不是自我的永恆
不是同樣的我
來到另一個世界
繼續生活

而是確實地活過
並且死去
永遠的

是每年春天
開放的野花
把同樣的香氣和繽紛
送給不同的我們

而我相信永恆
最好的一點是

世上不必有我
也不必有我所愛的

只要世上仍存在著

和我們
同樣的情感

我們
就是永恆的

因此
永恆不是我
永恆是「我們」

*二〇一五年二月十九日，寫給金沙。

洞

如果你有一顆蛀牙
你的世界
將以這個痛點為中心
而發展開來
走路吃飯睡覺
微痛小痛劇痛
你總不能離開它

如果你每天夜裡
固定在外餵食一隻流浪貓
每當你出現在
那個約定的巷子裡
那隻身上像潑墨一般的
美麗母貓
就會豎直尾巴

朝著你飛奔而來

直到有一天
那隻貓無法繼續
每天夜裡的約會了
此後
你眼睛裡的夜色
就有了一個洞

那個洞很深
很痛
好像通往你嘴裡的
那顆蛀牙

＊二〇一五年五月二十二日，寫給四月二十二日倒斃於路邊的潑潑。

花蕊的時間

樓下有救護車咆哮而過
隔壁的工地怪手鑽鑿著鋼板
不遠處的橋上剛剛發生車禍
遠處則依然有戰爭
雷雨劈打著
骯髒的玻璃窗

窗內
被褥凌亂
沒洗的碗盤堆放
貓毛亂飛

而在這之間
我抱著一隻貓
我們的體內都有
各種疾病
可是此刻
牠的呼吸均勻
我的夢還沒有
完全醒來

有一朵花
正在我們底下
慢慢地打開

花蕊之間沾滿了
芳香的露水
柔軟的花瓣
堅實而安全
細嫩的葉子

對著雨水和風
張牙舞爪

蝸牛、毛蟲
蚯蚓、蜜蜂
人類的皮鞋
都還沒有來到

＊二〇一六年四月十八日，寫給藥罐子甜粿。

發生

超乎想像的事來到眼前
它看起來却像是
已發生過許多次

一朵、一朵
隨腳步而綻放的花
有的是血花
有的是淚花
然而都妖豔

已翻開的記事本
已被寫下的幾則備忘
準備再次被遺忘的
重大事件

僅管所有人都察覺到
它在
然而事件的原因
總有不在場證明

悲傷的濃度
隨時間流失
在同一軌道上
反覆、迴旋

將每一個字倒著寫
回到另一邊
並且不要問
是哪一邊

＊二〇一六年七月三十一日，寫給病重的豆比。

得到和失去

失去了一隻貓
失去了每次去探病時的親親
從醫院走路回家的風景

失去了一隻貓
得到了久違的休假日
一雙紅腫的眼睛

身上有些什麼
被挖空了
有些什麼
從地表上回到地表下
還有另一些
則回到天上去

水花和鹽粒
纏綿的喉音
琥珀色的凝望

像蒸汽小火車一樣
從鼻子裡噴氣
繞著我的腿轉圈的
小小的身影

我失去了黑夜
失去了黎明
我的小貓咪
只希望你在失去痛楚之後
能得到平靜和休息

＊二〇一六年八月二十二日，寫於豆比死後。

小白鴿與傻笑花

一團小小的
白白的、輕盈的
棉花與鐵
隨風飛揚的蒲公英
捲積雲
白粉蝶

排列整齊的
鵝卵石
白色的浪花
裝飾以黑色的邊
深情
裝飾以羞澀
頑強和脆弱也是一樣
排列整齊

在一隻貓的身上

我曾看見
一隻鴿子
牠眼底有不滅的燭火
喙上銜著
一支鑰匙

一個字
那該是親吻與擁抱
不是時鐘上的刻度
不是每天的灌食與
皮下點滴

許多愛牠的人圍聚

將複雜的一切
淘洗、瀝淨
最終得到一棵
傻笑的花

溫暖的香氣
敦厚的花瓣
一隻貓
終於以一棵花樹的型態
留在牠所愛的人身邊

*二〇一七年三月十三日，寫給粉鳥，死後骨灰埋在一株含笑花盆裡。

我們即將抵達

一輛滿載著歌聲的計程車
切過了雷雨中的河濱公園
玩具斑馬和大象
在風雨中顫慄
彷彿擁有了呼吸
懂得了恐懼
雨水在牠們的眼角聚積
隨即墜落
暴雨從外擊打車窗
音符從內
光影與虹彩明滅

閃電照亮了
不安的天空
我們即將抵達
我們即將抵達
籠子裡的病貓
司機和乘客
都安靜
所有的故事都落在
陽光和雷雨
交錯的遠方

＊二〇一七年八月八日，寫給藥罐子甜粿。

十字架

那個貓奴的睡姿
看起來很眼熟

他的頭
哀傷地落在枕頭旁邊
因為有一隻貓
已將它據為己有

另外兩隻貓
一邊一個
壓住他張開的手臂
還有兩隻則
壓住了他的腿

他全身痠痛
無法入睡
半邊身子涼颼颼的
因為就連被子也已經
不歸他所有

整個晚上
在他腦子裡打轉的念頭只有
動物醫院的約診
貓咪手術前的注意事項
最後他甚至想起了
南泉斬貓的公案

「為什麼要斬貓呢？」
「為什麼不呢？」
在疲倦和絕望中

這結論讓他
感到平靜了

儘管如此
他總有個模糊的印象
好像這樣的遭遇
正是他向神乞求來的

儘管當時他求的
和所有人一樣
是幸福

＊二〇一九年二月，寫給家裡的五隻貓。

推
PUSH
日子

書店
掛的甜美
甘心過這樣

我如何成為一個臭臉老闆娘

十年前，我寫了一首甜美的情詩，送給仍在籌備中的書店，題目是：〈甘心過這樣的日子〉。現在回頭看，心情很複雜。詩當然是誠實的，想像力也不差，可是開書店以後才知道：現實永遠比人類的想像力更強大！

想像和現實的落差，一開始在於經濟狀況。書市低迷，書的利潤低，這些都在意料中，意料之外的是，真的是差到無法維持生活的地步，所以我開始接設計稿維生，常待在家裡畫畫，無法到書店上班。後來經貴人相助，開始自己編書、出書，所得都給書店，自己則理所當然成了不領版稅的作者、不領薪水的義工。

如此慢慢渡過經濟危機，長期支持書店的熟客也逐漸增加了，我們支撐了下來，但是，意外從沒少過。比方有很多人以為，我們是一家有很多書的咖啡館，因此常有客人詢問：「這裡的書有在賣嗎？」、「書可以翻閱嗎？」每次我總是很認真地跟客人解釋：「我們就是一般書店，每家書店的書都是可以翻閱的，你得看過才知道要不要買，對吧？」我被迫解釋這理所當然的事，客人卻還是一臉疑惑，讓我也十分疑惑。後來有朋友說，書店已不在人們的日常生活經驗中了呀，嗚呼！

還有更多人是為了拍照打卡而來，有時拍了一百張照片，從架上取書作文青貌拍照，甚至更動陳設，以求畫面更精美，然後一走了之，這種情況幾乎每天都有。有一次，像這樣的一行人之中，有位少女買了一本書，竟遭到同伴的指責：「真受不了你耶！你到每家書店都要買書！」當時我心裡想著：至少可以離開櫃檯後再說這些吧？

另一個有理說不清的是，很多人誤以為我們是二手書店，我曾無數次對客人說：「我們賣的是新書，二手書只有一點點，幾乎都是被客人毀損的，所以我們不能算是二手書店。」但客人無論如何都不相信，有一次我被逼急了，竟說出：「為何不相信？這家書店是我開的，我是老闆娘啊！」這時，客人總算接受了現實，因為他看得出來，如果繼續說下去，老闆娘就要發瘋了。

開店之初，我們聽說光是賣書無法支撐書店開銷，所以很認真規畫了飲料區，剛開始還有各種義式咖啡和蛋糕，但後來情況變得超乎想像，為了蛋糕和飲料而來的客人遠超過愛書人，小小的店面嘈雜不堪，真正的愛書人反而被排擠，沒有座位可坐。所以我們慢慢地減少飲料品項，也不賣蛋糕了，使用座位的低消改成一杯飲料或一本書，但即使是這樣，使用座位的客人還是常常感到為難，甚至質疑書店訂下的規則，產生衝突。

我永遠記得有一年過年期間，一對年輕的男女來逛書店。男孩看了使用座位低消規定之後，點了一杯飲料坐下，女孩可能無力消費，繼續站著看書，後來應是太累了，還是點了一杯咖啡，可是，她一坐下來就委屈地哭了，男孩大動肝火，突然在安靜的書店裡發出怒吼，他一邊罵、一邊用力潑灑咖啡，半間店和隔壁桌客人，以及玻璃詩都遭波及……後來他被同事趕走，哭泣的女孩竟也尾隨而去。

另一次奇怪的事件發生於情人節，一位女孩沉迷於書中世界，陪同的男友早已失去耐心，終於他拿起女孩看最久的一本書，氣沖沖到櫃檯來問我：「你是否可以告訴我，這本書看完以後能得到什麼？」於是我得出的結論有二：別和不愛書的朋友一起逛書店，而每逢佳節狀況多。

不過書店有史以來最恐怖的衝突事件，應該是有位正妹，在露臺上美美地接受媒體採訪之後，突然把男友拉到書店後方空間，毒打一頓！我隔著牆壁，都能感受到拳頭和某種器物狠狠打在肉身上的衝擊，趕緊拜託他們的朋友去勸架，等到好不容易送走他們，進去收拾殘局的時候，現場一片狼藉，庫存書亂七八糟，掃把也被打歪了！

總之像這樣的亂象還有很多：手持木棍對著空氣怒罵不休的被迫害妄想症患者，他還自稱是我的讀者；手持抹布每拿起一本書就擦一次，開門時也要擦門把，但全身髒兮兮的老人；也有坐著喝咖啡一陣子突然大聲說：「我堂堂一個總編輯，坐在這邊一下午竟然沒有人來招呼我！」也有請我介紹了許多詩集之後，突然問：「你說的這些書，臺北有在賣嗎？」然後一走了之的；當然要求折扣的客人永遠不缺，他們的理由也千變萬化：「我遠道而來買書，所以你應該給我折扣！」、「我是你偶像的學生，所以你應該給我折扣！」等等；還有一個現象也令我很難堪，一群人到書店來對著我指指點點，突然有個人大聲驚呼：「什麼！她是詩人？怎麼那麼不起眼！」

然而在這種種的意外之中，最讓我難過的是：我失去了笑容。曾因為看不慣一個客人老是在書店把妹，而他滿口的文學意見都是陳腔濫調，讓我愈來愈不耐煩，有天竟憤而把他趕出了書店！當時書店裡的一位年輕人被我嚇到，以後再也沒出現在店裡。

而眾所皆知的，我最常動怒的對象是玩貓的客人。因為書店裡的貓都是可憐的街貓，只有在書店營業時間能待在室內好好休息，可是，客人總認為貓就是該供人玩弄，總是不顧滿室警告標語和我的勸阻，不斷地騷擾貓咪，甚至有每天下課就來玩貓的學生，或者每個週末帶孩子來玩貓的母親，而且從未消費。我常常和他們發生衝突，得罪了無數的客人，臭臉老闆娘的威名遠播。

寫到這裡，大家或許以為開書店的日子也太悲慘了。可是我要說，我還是心甘情願的，因為最大的意外，來自開書店能遇到最多的好人！這些人的好，完全抵消了前述的種種荒謬狀況。

明明是會員，卻堅持用原價買書；當書店進入淡季，一個人買下五張河親卡（須繳年費的會員卡），分送親友；捐助貓咪醫藥費、幫忙照顧貓咪；給我相機和電腦，甚至找老師教我編書；義務設計河貓桌曆，我編書時充當設計顧問和校對；自己製作或想辦法提供商品義賣，所得都給河貓……感謝名單寫都寫不完。

所以說，每當有打算開書店的朋友詢問我的意見，我還是持肯定的態度，因為開書店的日子，儘管和想像中不同，卻絕對是美好的經驗，尤其是安居在一個位置上，就可以看盡人生百態，也算值回票價了，不是嗎？

因此我說，開書店前寫的詩並未過時，我確實甘心過這樣的日子：本來無信仰，卻供奉祂為偶像；本來無塵埃，卻為了祂而明亮。我無可言說，彷彿背負一個任務，經百千劫，為了替時間守候，一個祕密的名字。

永恆的黃槿

在我開書店以前，幾乎從未注意過黃槿樹，但是在我與它晨昏相對了五個寒暑之後，卻像是開了眼一樣，不管走到哪裡，都能看見黃槿的身影，而我再也不會忘記它。

黃槿花大而顯眼，像黃澄澄的鐘高懸於樹上，一朵一朵，隨風搖曳，風大的時候，幾乎錯以為能聽見鐘聲。黃色花瓣疊覆著彼此，中間露出豔紫色的花蕊，蕊柱上覆滿紫色細毛與星星點點的黃色細蕊，如果一直看進去花心深處，那細緻而繁複的內在，彷彿一個無窮盡的小宇宙。

黃槿更令我驚訝的是，它的花朵似乎從不過夜？每天早晨，從緊閉的花苞間旋放而出一朵黃鐘，到晚上，花型依舊完整鮮明的黃槿花便落了滿地。有一個秋天，我被滿地落花所驚，認真點數了門口兩棵黃槿樹下的落花，竟足足有七十二朵！

黃槿的葉子是闊大的心型，過去常拿來蒸粿，因此又有「糕仔樹」及「粿葉樹」的別稱。有一次我在二樓露臺上聽見幾位中年男性遊客的對話（臺語），讓我笑了很久，應該記錄下來。

遊客甲：「我們小時候都拿這種黃槿樹葉來擦屁股，所以又叫便所樹！」

遊客乙：「難怪你的屁股那麼粗。」

遊客丙：「你怎麼知道他的屁股很粗？」

門口這兩棵黃槿，陪伴了我五年，我已習慣從搖曳的枝葉以及黃花的縫隙間，望見觀音山的燈火、舢舨船和水鳥、河面上跳躍的光點……我以為這一切都會是永恆，至少，比我個人的存在更加永恆，但是，我錯了！在二〇一〇年淡水河岸填海造陸工程中，不知從何處運來的惡臭廢土塞住了門口的水道，也將濕地上的彈塗魚和招潮蟹一舉活埋。

在工程期間，我目睹了兩棵黃槿從枯黃到死去的過程，最後則被連根挖除，彷彿從未存在。如今，只剩下廣場上無止盡的攤販和遊客為淡水拚經濟，煙火、沖天炮、天燈、勁歌熱舞，噪音和垃圾……

有用的小事

瑞蒙．卡佛在他的小說〈有用的小事〉裡，讓一對喪子的夫妻因為一塊麵包的滋味，暫時忘記傷痛。因此「有用的小事」指的當然是食物，這點我很認同。但我這篇卻不是要寫美食，對我來講，走路去吃飯這件事，才是有用的小事。

通常是傍晚，接近晚餐的時間，我從繁瑣的書店雜務中脫身，鬆了一口氣。不管是沿著河邊走，凝視著出海口，或者穿過遊客絕跡的小巷弄，到幾家常吃的餐館裡，即使只是和一群鎮民站在傾倒垃圾的十字路口，等待綠燈亮起，都能讓我感到平靜。

我對食物並不挑剔，只要不必吃肉，有麵或飯，青菜、豆腐，我就可以吃飽。像這樣，我不管在哪家餐館都是自己一個人，靜靜嚼食著此時此刻來到我面前的食物，聽著老闆和客人的對話。然而不知道為什麼，不太說話的我，終究也和一些餐館老闆成了朋友。我知道老闆兒女的不孝故事；知道他們和隔壁店家吵架的緣故；他們家的公狗喜歡公狗；她們家的貓在一次車禍裡失去了一條腿……

除此之外，我終於能離開自己的店和老闆娘的身分，來到另一家店，這件事對我來說就是有用的。我經常看著某家店因為生意好，忙不過來，老闆和老闆娘就吵架，在客人面前責罵店員，甚至用力摔碗盤……旁觀者很容易一眼看出，其實這些難堪的爭吵，起因都很無聊，身在其中的人或許也明白，卻總是無法掙脫，而每當同樣的狀況發生，他們照舊要發火。看著別人的情況，似乎更能警惕自己，因為我自己也是一樣，甚至有過之而無不及。

而後當我吃飽，回到店裡，又要面對同樣的難題，但是那時的我，彷彿已經是另一個人了，好吧，這麼說是太誇張了，但至少，吃飽以後，血糖恢復正常；走過一段路以後，心情回復平靜，說起來，一個人的生活所需，不過如此而已。

圈外人

從小到大，我一直都像個圈外人。假設世界的運轉有一個滾燙的核心，那麼，我的位置就是在外圍清冷的所在。當然我很敬佩那些在團體中發光發熱的人，但我很清楚，自己做不到。這是個性使然，也是自主的選擇。

在求學期間就是如此，學校的生活讓我痛苦，所以我總是躲在團體之外。開始上班之後，我就更隱匿了，也因為我對上班毫無熱情，換工作如換衣服。但我的成績並不差，反而是投入其中的同事們，受挫很嚴重。不過這並不代表我程度好，只因我置身事外，反而看得清楚。

到現在，我在我喜歡的地方開了書店，投入了我所能付出的一切。但是，若從經營者的角度來說，我依然像是圈外人一樣。我對許多人關心的文化、出版、獨立書店生存等議題，總表現得有點淡漠。我偶爾甚至會想，若書店能結束，對我來說可能還比較好。而目前我能做的所謂的文化事業，就是把我想出的書做好，這就是一切。

至於我另外的身分，寫詩的人和貓奴，我也只是按照自己的意思，寫詩、愛貓，並未參與詩壇活動，或貓友聚會。並不是我不關心，而是我不認為這些圈子裡，非要有我不可。而且我如果能安靜地待在圈外，才能做得更多，也會比較沒有遺憾。

更重要的是，不管什麼圈子，都令我感到恐懼。即使身在其中的人都認為：這個圈子，就是全世界！但我還是認為每個圈子，都是小圈子。說真的，即使人類的圈子，也是小圈子，在人類之外，還有更遼闊而絢麗的世界。

我曾想過或許，我就像辛波絲卡詩中那位被石頭拒絕於外的人，缺乏參與感。但我又發現，說不定我更適合做一顆石頭？世界自在其中。而我也但願自己是德瑞克．沃克特筆下那隻蝸牛：安靜地，沿著地平線走過。然而更好的是什麼呢？——蝸牛永遠在家——這是小林一茶。

個性商店

石川啄木有一首詩：「可悲的小樽城，沒有詩可吟詠的人們，只能大聲吆喝做生意。」這首詩讓開書店在觀光區的我頗有感慨，而後竟突然想起，以前曾去過的幾家個性商店，他們豈止不吆喝做生意，根本拿起棍子把客人轟出去！

有家唱片行，老闆老是拿著一根棍子。我曾親眼見到，當客人問起某張專輯的時候，老闆猛地將棍子打在他頭上，喝斥他品味太差。有一家咖啡館，老闆在客人面前沖煮各種咖啡，讓客人聞香與品嚐，萬一客人不懂得欣賞時，他馬上露出一臉鄙夷，給客人很大的壓力。

有一家茶藝館，老闆痛恨噪音，因此客人去喝茶，都要輕聲細語。據說曾有客人把車停在門口，砰的一聲，用力將車門關上。這時，只見老闆從廚房裡默默走到門口，關上大門，拒絕讓那位客人進來。

還有一家咖啡館，開在鬧區中的幽靜小巷裡，不僅咖啡好喝，而且窗外都是菩提樹，非常美！老闆同樣痛恨噪音，客人來到這裡，都是發呆和讀書。有次我帶朋友去，朋友說話太大聲，老闆過來制止。至今我仍記得很清楚，當時他口中罵著朋友，眼睛卻望著我，露出一副「我對你很失望」的表情，幾乎要將我們轟出門去。即使如此，我還是很愛這家店。

還有一家書店，我從十幾歲時就去買書，老闆認得我，也知道我的品味，常常向我推薦書。這不奇怪，奇怪的是，有幾次我拿著書去結帳，老闆竟拉下臉來說：「不要買，這本沒水準！」但我卻堅持非買不可！於是兩人在櫃檯前拉扯，僵持不下，幾乎快翻臉。

直到現在，我開了書店，雖然也被稱為個性書店，我偶爾也會阻止客人買書，甚至曾因此批評客人的品味，傷了他的心，但是和前面這些商店比起來，我其實還差得遠。

不過，把客人轟出去的紀錄，在開書店的最後兩年，終於還是發生了。我曾經把客人轟出去兩次，一次是玩貓的人，另一次是我看不慣的人。但是沒有人知道，個性軟弱的我，最終竟能成長到足以將客人轟出去，這要經歷多少辛酸哪……總之，人世艱難，個性需要勇氣，吆喝需要勇氣，死和活，都不容易。

不自由女神像

在我心中，一直有座不自由女神像，她就像希臘神話裡的某個角色，充滿了悲劇性和象徵意味，我每次想到她就會忍不住——笑出來！

那是在某個晴朗的假日午後，一對逛書店的父子發現露臺上有幾隻酣睡的街貓，他們大為驚豔，躡手躡腳地在貓咪四周拍照，每拍一張，父子倆就對著觀景窗讚嘆一番，兩人沉迷其中，渾然忘卻時間的流逝……

突然，我聽到門口傳來有些粗魯的碰撞聲，門被用力推開了，撞在牆壁上！我覺得奇怪，往聲音方向看過去，居然是一位雙手各舉著一支巨無霸霜淇淋的婦人！她臉色鐵青，直直朝著那對父子走過去，父子倆看見她，先是露出大夢初醒的表情，接著則是滿臉羞慚，兩顆頭根本抬不起來，只能望著地板，一句話也說不出口。

很顯然地，這位是他們的老婆大人和母親大人，剛才那好長一段時間，她自己一個人，舉著兩支高聳的巨無霸霜淇淋，在書店樓下苦苦守候。眼看著霜淇淋快速融化，甜膩的汁液早已沾滿了雙手，卻無計可施，不但無法打電話，想要上二樓書店，連開門的手都挪不出來，好不容易想辦法將門撞開，進到書店裡，兩支霜淇淋已無法支撐，頹然落在了地板上。

父子倆不斷地向我道歉，並要求擦拭地板，看著他們卑微的跪姿，我突然覺得，他們的命運和霜淇淋已融為一體。至於那位終於重獲自由的女神，則早已揚長遠去，將這短暫地拘禁了她的小小牢籠，拋諸腦後。

書店的廁所

書店在二樓，很難想像竟有這麼多人上來借廁所。

首先是鄰居的小孩，他上二樓來除了看貓，就是上廁所。有一次我終於提出心中疑惑：「你家就在隔壁，你為何不回家上廁所啊？」然而，他只說了一句話就讓我閉嘴了：「我家廁所很髒。」

另一個令我印象深刻的廁所借用者是一位文青美少女，她和一群男孩一起上來，看見我立即開口借廁所，她的同伴中有一位忍不住詫異地問道：「天哪！你特別跑到這麼有氣質的書店借廁所嗎？」女孩非常淡定地點點頭，絲毫不認為此事有何不妥。而且想當然爾，女孩上過廁所之後，一群人毫不留戀，轉頭就走了。

接著就是人多的假日，不管有無消費的客人不停借用廁所，就連不是書店顧客的遊客也上來借廁所，終於有一天，我們再也無法忍受了，在門口貼出告示：「本店廁所絕不外借！」不，不對，我們沒這麼帶種，我們只是說：「書店廁所限消費者使用。」

至於壓垮我們的最後一根稻草是什麼呢？那就是有一家人上二樓借用廁所，全家人都上過之後，母親開始給小朋友噓尿，儘管小朋友尿不出來，母親仍盡責地噘起嘴，不斷地鼓舞著那尚未成形的尿意，父親且在旁諄諄教誨：「快點尿一尿，等一下就找不到廁所了。」

這時，書店裡等著上廁所的客人早已排到了門口，且都瀕臨崩潰，因為那位母親的噓尿聲雖然對她的小孩不起作用，對排隊的人們卻是異常地銷魂，那時，幾乎每個人都回憶起童年往事，尤其是尿尿在褲子裡被同學取笑的片段。

奶爸

開書店的最後幾年，我陷入了嚴重的自我懷疑，看著假日湧現的人潮，喧嘩吵鬧、兩手滿滿的食物和塑膠杯飲料，把書架當作網美自拍的背景，或者帶小孩來玩貓的……面對這些人，我無法說服自己應該繼續支撐下去，對我來說，書店除了提供給一群街貓休息之外，好像已經沒有其他的意義了？

有段時間，一位長髮披肩的男子經常來逛書店，他總是背著一個前背包，站在書架前看書，不久之後，便會拿著一大疊書來結帳。幾次之後，我才發現原來他的前背包裡面裝的竟是一個小嬰孩！那孩子總是睡得很熟，從未發出半點聲音。

那陣子每次看見那位奶爸，總忍不住微笑，一位沉浸於書中世界的奶爸，懷抱著沉浸於夢鄉的小嬰孩，那畫面是多麼動人啊！後來孩子漸漸長大，他那小小的頭顱便垂掛在背包外面，在他圓滾滾的額頭上方，總有一本書攤開著、翻動著，彷彿書頁翻動的聲音，正是這孩子的催眠曲。

而我心裡更感到安慰的或許是：原來這麼小的書店也能挑出這麼多他想買的書？如果是這樣的話，只要書店還有這樣的客人存在，或許就是有意義的吧？

可是後來，那位奶爸消失了，直到書店宣布即將歇業，他才再度出現。當他一出現，我立刻就明白他消失的原因了，那時他的小孩雖然仍可用前背包裝著，可是已進入了人貓嫌棄的階段，就像其他小孩那樣吵鬧不休了，難怪他很久沒到書店來了，想必也很無奈吧。

因為他已失去了懷抱著孩子在書店裡安靜看書的美好時光，接著，又失去了一家每次都能找到一疊書可買的書店，永遠的。

有河醜聞

還記得是剛開店一年內的事，一位常客來買書，結帳時她要求發票要打公司抬頭和統編。書店沒有 POS 系統，所以都必須手寫發票，當時我其實還不會開三聯式發票，主要是那涉及到算數，必須扣掉稅金什麼的，對我來說是相當複雜的難題，但我還是硬著頭皮、戒慎恐懼地將每個欄位都填寫完畢，當然，寫錯了一張，之後作廢又重寫一張。

然而，過兩天之後，那位客人拿著發票回來，她很不好意思地說：「我們會計說，這張發票寫錯了。」我接過來仔細端詳，自認這次應該可以寫對，於是重開一張，但這次依然是作廢一張之後才寫對，我鬆了一口氣。萬萬沒想到的是：這第四張發票還是開錯了！當那位客人再度回來的時候，臉色好差，簡直快哭出來的表情，幸好這一次，書店老闆在店裡，他立刻開了正確的發票給客人帶回去報帳。

那一天，書店老闆勒令我：「從今以後，永遠不許再開三聯式的發票！」此後十年，若有客人要求開三聯式發票，我都會向他要姓名和地址，等發票開好之後再寄回去給他。

事情已經很明顯了，我就是一個數學白痴。因此比開發票更困難的結帳，也一直是我的難題。儘管只要把每本書的金額輸入計算機，再全部加起來即可，可是，有些書有打折，有些書是二手的，簡體書和香港書的售價也都不同……等到這些都搞定了，終於得出最後的金額，這時我可能已經重算好幾次、滿頭大汗了，然而，問題還沒結束，我還是會找錯錢！你一定說：這怎麼可能！計算機都算好怎麼會找錯？但，我有進位困難症，也就是說，把千和百搞錯之類的，比如說一千一，我會拿出一千元又十元給客人。這種情況在客人愈多、金額愈高的情況下愈容易發生。

你說，這還不算是有河書店的醜聞嗎？這些困難的工作真的讓我壓力很大。有天，我夢見我在書店櫃檯裡，突然有客人拿了好高一疊書來，要讓我結帳，我在夢中想著：「天哪，與其要結算這一疊書，還不如趕快醒來好了！」因此在我百般掙扎之下，好不容易終於從噩夢中驚醒。唉，我相信世上只有我這一個老闆娘，會將客人拿著一大疊書來結帳這件事，當作是噩夢吧。

乘願再來，觀音自在。

我幾乎從不許願，原因不是我毫無所求，而是我體內住著一個愛潑冷水的傢伙，每當心裡浮現任何願望，都會立刻被撲滅。

比如當我許願：「希望我經營的書店可以支撐下去。」我馬上聽到潑冷水的聲音傳來：「書店支撐下去對你並不是好事。」而當我許願：「希望可以寫出更好的詩。」那個聲音則冷冷地反問我：「你仔細想想，過去寫過最好的詩都奠基於可怕的噩運和無助的悲泣，難道你要許願讓噩運降臨嗎？」其他的願望就更不用提了，發財後陷入不幸的例子比比皆是；至於「長命百歲」、「茶來伸手飯來張口」這類的願望在我看來，正是一位長年臥病在床、三餐無法自理的老人。

於是，我成了一個無法許願的人。可是有一天，當書店已歇業一年多，我再次凝視著霧中隱約浮現的觀音山時，突然，一個念頭如閃電般穿透了我！我震驚地發現：自己可能真的曾經向老天爺許願，要在觀音山前開一家書店。

事情要從我國中二年級說起。那時我從品學兼優、獎狀可以拿來當壁紙貼的模範生，突然進入叛逆期，大概就是所謂的「中二病」吧？我完全放棄了學業，上課時不是偷看課外讀物，就是在課本上描繪著女人的側臉。我筆下的女人通常眼睛很大、睫毛很長，有一頭飄逸的長髮，有時微笑，有時淚眼汪汪……我不停地畫著，但總是無法表現出心目中最完美的線條。

國中畢業，我雖然拿到中部地區試卷國文科最高分，但因為其他科目成績太差，沒考上好學校，後來為了要逃離家庭，索性跑到臺北讀高職。畢業後，到補習班上了一年的課，然而就在聯考前，我逃走了，不願意參加大學聯考。更離譜的是，我莫名地逃到了當時還沒有捷運的淡水，在山坡上租下一間可遠眺觀音山和淡水河的套房，在小鎮上找到門市小姐的工作，日子也就過了下來。

當時在門市，有時會聽到客人討論觀音山命名的由來，卻是眾說紛紜，有人說那是一尊觀音的坐像，有人說在竹圍和關渡的角度看起來，根本像一頭大猩猩……聽著他們的說法，我依舊無法將這些形象和觀音山聯結起來，然而，每天下班後坐在窗臺上凝視著觀音山，早已是我日常的習慣。

也不知我看著觀音山多久以後，突然在一個夕陽火紅的黃昏裡，觀音山在我眼前，以一種像是動畫片的方式幻化為人形。這時我才終於發現：原來它的山稜線是如此地像一個女人的側臉！她的輪廓柔美、莊嚴，下巴微微高過鼻頭，長髮向著出海口的方向披散而去，再仔細看，甚至還有眼睫毛呢！噢，原來是高壓電塔。對於這個發現我固然感到驚喜，卻也不無遺憾，因為從此以後，我再也無法以別種眼光看待觀音山了，此後她只能是一張女性的側臉，似有情若無情地仰望著天空，永遠的。

兩年後我離開淡水，到臺北上班，一直到大約三十歲時，我再也受不了臺北，竟又搬回淡水，雖然只住了一年，但那一年也留下了美好的回憶，我還記得有一天，淡水出海口的晚霞如火山熔岩流淌而下，那時我看見有一抹綠光，掠過了觀音的眼角。

接著，到了三十六歲的時候，我終於如願了！這一次，我在觀音山正對面租下一間老房子的二樓，開了一家書店：有河 book。我終於能和我不斷描繪的女神像晨昏相對了。我記得也就是從那時開始，我不再描繪女人的側臉，我想那是因為，我已找到了那個始終畫不出來的，最完美的形象。如此過了十一年。

然而，究竟該怎麼描述這十一年呢？我的心願成真了，可是生活中充滿了各種艱難的磨練，經濟壓力、面對奧客的壓力、照顧街貓的壓力……第七年時，我因為極度的痛楚終於去醫院檢查，確認罹癌。可我無法割捨依賴書店生存的一群街貓，手術後又回到書店繼續原來的生活；第十一年，癌症復發，這次我終於下決心關店。好像如果沒有足夠的苦痛，沒有面臨死亡的威脅，我根本不可能離開這群貓。可是，當初和我一起開書店的先生卻很不情願關店，最後我是以一件不可思議的往事，說服了他。

在我大約二十八歲的時候，曾被朋友拉去算命，那也是我今生唯一一次算命，儘管眾人都說他神準，但我當時並不覺得有什麼了不起。可是多年以後，當我癌症復發在家休息，那位算命師的話突然之間回到了我的腦海，清晰無比，甚至他的表情和我們之間的對話也一一浮現。

那時我才二十八歲，雖然始終未放棄閱讀和寫作，也參加了一些寫作班，但作品的質和量都很差。儘管如此，算命師卻預測我將來有可能成為作家；接著，他突然皺眉說：「你一定會罹癌，要記得投保癌症險。」我還沒來得及反應，他又好像突然看見了一個畫面，並試圖捕捉：「很大片的藍色空間，對你很不好。」我問他：「很大片的藍色空間是什麼？我最愛的顏色就是藍色啊！」他顯然也不知道該如何解釋自己捕捉到的畫面，只好避重就輕地說：「一點點的藍沒有關係啦，不要很大片的藍就好。」當然我還是一頭霧水，而且事後馬上就把他的話全部拋諸腦後。

後來，書店的牆面和天花板都是深藍色的，那個藍還是我非常喜愛、異常執著的藍，因為我認為那是鑲滿了繁星的，宇宙的顏色。為了不要有色差，我找了油漆師傅來調色，並且待在現場監工，確認油漆乾掉之後的顏色還是一樣的。當時那位師傅對我喜愛的藍色非常不以為然，試圖說服我改用較淺的藍色，我拒絕了，兩人幾乎要吵起來，最後他很不情願地撂下狠話：「不要跟別人說這間的油漆是我塗的！」

現在想來，不免嘘嘆，如果連牆壁的顏色都是命中注定，那麼所謂的個人意志是否真的存在呢？或者人生中各種艱難的選擇，其實都只是被命運所選擇？但無論如何，現在的我依然不認同算命師說的話，確實我可能因為開書店壓力太大而不快樂，最後便生病了，所以他說藍色空間的書店對我很不好，可是我無法想像，若沒有這段歷程，我的人生該轉往哪個方向呢？就算我想破了頭，也想不出另一種人生，會比開書店更精采有趣。

而今，我終於不得不相信，或許一切都是命運的安排吧？否則我不會不停地描繪著觀音山的側臉，直到我終於來到祂的面前，度過了命定的十一年，並在此寫下了許多詩，為一百三十四隻街貓命名。

儘管看著觀音山這麼多年，在我眼中，祂的美從未稍減。我永遠記得，書店邁入第六年，有陣子為了生病的貓，我住在店裡，用桌椅隨意搭起一張床。一天夜裡，當編書的工作告一段落，我熄滅了所有燈光，沒想到，已然如此熟悉的觀音，竟以一種前所未見的模樣，靜靜地，從燈光和漁火之間，浮出了水面；四周是如此黑暗，無邊無際、永恆的黑暗，唯有觀音發出了一種無法言喻的光，或許可說是一種先於意識和存在的光吧？那瞬間我淚流滿面，彷彿是第一次見到祂，剛剛誕生於淡水河之上的，觀世間音，觀自在菩薩，我心中最完美的形象。

然而，我和觀音山的緣分應該到此結束了。當我在河岸邊散步，每一個細節都已太熟悉了，而那些景色在化為詩之後，就被定型了，就像觀音山已被定型一樣，我已經看不到未來的風景。所以，我將離開。

在我心裡有個聲音，愈來愈清晰，儘管我對於人身和繁瑣無謂的日常，總是感到厭倦，有時我甚至能看見那一個，在母親子宮裡哭泣的我，只想要回到渾沌之中，只願意當一個水分子，或者一粒塵土的我，現在卻不得不承認了：這是真的，來到世上一遭，經歷這一切，這正是我曾許下的心願。

有河book

686

藍色的夢

甘心過這樣的日子

我想我會甘心過這樣的日子
有一間書店，緊臨著河岸邊
我為祂，守候著時間
守候每個季節的水鳥
守候泥穴裡沉睡的蟹
我時時勤拂拭，偶爾也縱容
比如說，一隻牆腳上睏著的蜘蛛
一片遭晚霞燒紅的落葉

有人在咖啡桌旁讀著一本書
有人情不自禁地寫下了一首詩
有黃槿花的鐘聲輕輕地響起
在祂的耳邊
有人潮以及浪潮搔癢地舔過
祂腳下的土地

祂只有四十歲，然而
祂已經和宇宙一樣老了
一如遺忘發生於記憶
出發等同於無可抵達
祂靜靜閉上眼睛
祂睜開祂的心
晨起的山色喚醒了咖啡香
夜晚的河水將四壁塗成深藍
當書店穩穩地睡去
有如潮汐正推動著搖籃
時間與空間
在書架與書架之間
悄悄地轉換
所有的書回復成為樹木
所有的鉛字還原為泥土

所有的人回到了水
那曾經是水草的款擺
花瓣上的露與海上的霧
雲朵內部細細的吸吮
果樹上懸掛的甜美

我想我會甘心過這樣的日子
本來無信仰，卻供奉祂為偶像
本來無塵埃，卻為了祂而明亮
我無可言說，彷彿背負一個任務
經百千劫，為了替時間守候
一個祕密的名字

＊二〇〇六年十月十一日，寫給即將開幕的有河book書店。

河況

今天的河況陰鬱，銀魚躍出水面發洩怒氣
今天的河況晴朗，覓食良久的白鷺，終於啄起一塊油膩的保麗龍
今天的河況優雅，缺腿的乞丐趴在地上叩頭如搗蒜，一朵美豔黃槿盤旋而下，就落在他的碗裡
今天的河況尖酸刻薄，字與字之間排列不出抒情的樣子。蒼鷺與蒼鷺相對叫囂，其翼墨黑，並不像垂天之雲
今天的河況滿腹牢騷，路人中有一半是俗不可耐，另一半則是雅不可耐。八哥沸騰也似的鳴叫激烈扣擊著誰的腦門
今天的（然而今天真的是今天嗎？）今天的，河況如腹瀉。天地玄黃，宇宙間滿溢著烤魷魚的香，孤獨的人渴望一條巨大的拉鍊
今天的（或許曾有過那麼一天？）河況如跨年煙花。夜空破碎，燃燒的鬼船疾行而過，男女互換口腔裡的細菌，人類飼養的肥胖獵犬對空吠叫
老鼠慌亂，夜鷺逃竄，人潮洶湧遠勝浪潮，更何況是煙花。更何況是消瘦的日曆。
唉，今天過後的今天，沒有什麼新鮮事發生
一起做一件燦爛的事是容易的，防止燦爛變成腐爛，是不可能的。啊，煙花。再沒

有任何虛幻可與之比美的
可悲的煙花。當煙硝味的風吹過，指針與指針相互抵消，時間的步道上，唯剩下滿
地狼藉。然而，今天的
今天，終於又回到了，今天的河況平平。街貓回到露臺上，理毛洗臉。漁夫們坐回
樹下眺望遠方
或者是看守漁船。拾荒老婦撿起垃圾桶裡的詩篇，搖頭嘆息，今天的運氣甚差

＊二〇〇七年一月二十二日

我將會後悔

一定是的
我想我將會後悔
這道理就像是
天書不該被書寫
愛情不該成為永遠
所謂的度假勝地，應該
只存在於陽光燦爛的週末午後
而不是日常生活的每一天

我想我將會後悔
因為沒有錢
因為沒時間花錢
我將習慣粗茶淡飯
我將學會縫補舊衣裳
我將失去逛街與旅遊的樂趣

我選擇一個位置，不動如山
然而各式各樣的人潮經過我
匪夷所思的故事不斷地發生
就在我親手排演的夢裡
我將學習一種全新的流動
就像落地窗外的河流
我將忽略一切鈔票所能到達的快樂
我甚至可能瓦解了資本主義？

我想我將會後悔
因為我沒學會做人處事的道理
因為我沒學會忍耐的美德
我想我應該繼續上班
我應該習慣老闆難看的嘴臉
我不應該遇見這麼多好人

我不應該接觸世上最善良的心靈
我將會忘記人世險惡
我將會被寵壞
我將會……說不定
在說過太多次感謝之後
我將變得忘恩負義？
我的感動的沸點將無限制地提高
我將變得麻木不仁？
或者因為遇見太多好人
終於將自己也變成了一個好人？
我將失去自我？

噢，一定是這樣的
我將會後悔
當我日復一日
不是觀賞，而是生活
在這個靠近海洋與天空的小鎮
我將可能書寫天書

我將可能化愛情為永遠
當我餵了第一百隻貓咪
我將受到貓的報復
我將成為第一次走過露臺女兒牆的小貓
我將成為站立於舢板船上的夜鷺
世界將變成一種穩定的搖晃
我將成為水鳥的覓食
我將成為任何一個腹腔裡
正在分解的蛋白質
我將成為自由來去的水
我將會明瞭海洋的奧祕
與樹木交換傷口
召喚山嵐與霧
我將成為每一顆晨星
我將同時發亮且黯淡
活著與死去
解除四度空間
攤開每一條不存在的地平線

我將不再寫「我」這個字
並且學會忘記
在每一次醒來的時刻
忘記謎之所以為謎
忘記這一首正要寫完的詩
忘記後悔的解釋
忘記
忘記

＊二〇〇七年二月五日，寫給支持書店的河友們。

歌頌奧客

奧客！奧客！奧客！
這像不像一隻史前巨鳥發出的喊叫？
或者自文明盡頭傳來的毀滅性尖嘯？

奧客！奧客！奧客！
你並非生來如此
你自我鍛鍊，或許不只一生
你自遠處來，贏過恐龍
三葉蟲，甚至細菌

奧客！奧客！奧客！
你對別人沒有意義，對自己也沒有
僅僅作用於某些失去控制的面部神經
某些冒冷汗的手心

奧客！奧客！奧客！
被你們控制的人種，危顫顫
攀附於噴射機翼之上
苦於無法光速離去，他們的神色
贏過死，當然也贏過屎

奧客！奧客！奧客！
那是什麼人點起一炷香
在黑色的墳頭之上，在萬丈深淵底下
對著看不見的天空致詞
說不完的話，無法證明誰的冤情獲得昭雪
誰的腳下緊鄰著粉身碎骨

奧客！奧客！奧客！

究竟誰是凶手？誰是屍體？
真相又在哪裡？
腐肉與蛆，終有一天也可能
渾然一體

＊二〇〇八年一月

我們來到這裡

你想這會不會是一個陰謀？

當我們失去了藍天
我們來到這裡
創造出一面藍色的牆

當我們陷入黑暗
我們來到這裡
用河面的燦爛彌補陽光

當我們摔倒在地上
我們來到這裡
跟隨著飛行於月光下的
蒼鷺的翅膀

當我們迷路
我們來到這裡
為貓咪佈置了溫暖的床
付出我們的雙腿和呼喚

當我們在現實中枯乾
我們來到這裡
用汗水代替淚水
把這裡變成故鄉

當我們支離破碎
我們來到這裡
從一片相反的窗景之中
從顛倒與錯亂之中
追回了屬於我們的

完整的風景

當我們無言以對
我們來到這裡
跨過了寒冷的一千零一夜
我們還有好多故事要講

＊二〇一〇年三月十七日，寫給有河。

自／由

有時我能察覺
時間慢慢移動
陽光回來
照亮幾個字

噩夢是監牢
美夢更是

＊二〇一〇年七月三十一日，書店露臺上每天可觀賞夕陽，唯獨夏天，落日點偏移至視野之外，一直要等到九月初，陽光才會再度回來，斜斜照映在玻璃詩上，彼時牆面上也會出現詩句，這畫面是我對書店的美好回憶之一。

進入

你是否有足夠的勇氣？
不管那是城市或者山林
在你最愛的地方定居下來
進入你最愛的行業

守著一道河流和一群貓
一片變幻不定的天空不允許你
將曾經的夢境給遺忘

你是否有足夠的希望與失望？
如果夢中的天使
居然進入了你的現實

如果波光總是擁抱著垃圾
在盛開之前

每一朵花都已經凋零

你是否比你的想像力還要堅強？
你是否願意？
深深的、深深的
進入
當一隻勤奮的啄木鳥
日復一日的進入
一棵樹木

穿過堅硬與馨香
進入了真菌和腐爛
終於
給予那條躲在幸福深處的蛀蟲
一片耀眼的光

＊二〇一〇年九月三日，寫給書店同行們。

但願我不要像他們那樣

除了忍耐和深呼吸
還有傷害自己之外
我也不知道
還有什麼辦法

生活從不缺少磨難
有時為了對抗惡人
我們使用了相同的手法
終於讓我們成為自己
最厭惡的那種人

＊二〇一一年四月二十一日，寫給書店奧客。

關於那隻伸出的手

關於那些無法安靜欣賞貓咪睡覺，一定要伸手戲弄與撫摸，把貓咪當作玩具的人，他們可能是可憐的人，可能是小時候沒得到關愛的人。

關於那些一定要發出各種聲音把貓咪吵醒，讓貓咪用驚恐的雙眼注視鏡頭的攝影師們，他們不知道他們錯過了什麼。

同樣的道理，像這樣的人，將來就可能成為那些在紅樹林上蓋快速道路，填土造陸活埋彈塗魚和螃蟹，也認為是理所當然的人。

同樣的道理，他們甚至也可能成為那些，如果得不到愛就毀了對方的人。在校園裡開槍亂射的人。虐待戰俘的人。

這是我眼睜睜看著遊客們騷擾貓咪多年之後，得到的聯想。如果你不同意我的聯想，至少你應該看得出來，我有多麼痛恨他們。

然而，我最痛恨的一點是什麼呢？我最痛恨的一點是，只要變換一下立場，我就是他們。

＊二〇一二年一月二十一日，寫給騷擾貓咪的書店客人。

每天的河

有一天
河水如山脈蒼綠
而稜線起伏
有一天
河水碧藍
彷彿已忘卻了
曾經的沸騰
與乾涸
有一天
河水映照一切
另一天則全部拒絕
河水擅長選擇
不擅長悔恨
有一天
河水疲倦而頑固

不願承載船隻
和水族
有一天
河面堅硬如水泥
腳印雜沓
水鳥盤旋其上
不得其門而入
有一天
河水拱起如貓背
而並未更接近天空
有一天
河水如一張病容
滿載著回憶
但河水仁慈
不肯流淚
有一天
河水是墳場
河水是垃圾

有一天河水高歌
而後嗚咽
回聲始終
走不回來
有一天河水
丟掉了一半
有一天河水到別處
找尋自己
因此直到今天
我們還在
痴痴的等

＊二〇一三年四月，寫給淡水河和有河。

藍色的夢

那個夢
是藍色的

那本來是
鑲著繁星的
宇宙的顏色

那本來是
流金碎銀的
月光之河

那一片藍

每天我推動它
然後崩落

我奮勇向前
追逐自己的影子
我不斷躍出水面
呼吸新鮮的空氣

每一次
我都以為自己觸摸到
更多的天空

然而
我哪裡也去不了
除了

那一片藍

一如所有的夢

我花了十一年的時間
終於將它打造成
一座監牢

現在我醒了
從那個藍色的夢中
帶回七彩的寶石

好用來裝飾我的
下一個監牢

＊二〇一八年五月六日，記有河十一年。

曾經有河

把窗外飛過的鴿子
看成一隻貓

然而那只是過去
最尋常的風景
帶給我的視覺殘留

曾經有河
曾經有貓

曾經觀音的側臉
是我的
世界的盡頭

但我已離開了
那個永遠
無法離開的地方

儘管我不知道
什麼是永遠

曾經或許未來
現在可能
已經過去

而那無法重複的
曾經的河

也將歸還給水鳥
招潮蟹和彈塗魚

＊二〇一八年五月十六日

離開河

我在淡水河邊生活
已有十幾年的時間
我走過的每一段河岸
每一次輝煌的晚霞
都以詩的方式
改變了河的樣貌

朝前望去
前方已經沒有
看不見的風景

朝後望去
那些陳腐的詩句
有如淤泥
阻礙了河的前進

於是
我將離開
讓未知的一切
重新將我洗滌

我將哭泣
像個不願出生的嬰孩
我將歡笑
彷彿曾經快樂

我將死去
彷彿曾經活過
且完成了一道曲折
蜿蜒的河

已然寂滅的星光
仍在孕育著生命
我的河

儘管是你如此地
波光閃耀
我將離開

＊二〇一八年十二月二十日，告別有河。

河況

有河——贈686和隱匿

孫維民

不懂為什麼有人那麼愛貓
那又何妨？就像鋸樹的人
不懂我為什麼如此生氣
又像遠道而來的奧客
不懂文學有何重要
那又何妨？抵達二樓的人
在書架間行走、駐足
終於抽出一本坐在陽臺
（你們窺見書名，沒有說話
或者非常意外和歡喜）
簾幕上的詩句微微搖動
夕陽及水光依稀有聲
像是某種音樂，神奇地
不被岸邊的遊客聽到
那又何妨？貓和樹都聽到了

每一枝樹影都不可能消失
如同每一片波浪，再次
以雨滴或露珠的形象
降臨，又像寫過的詩句
反覆出現在不同的樓窗

有河書店的隱匿

朱天心

這如同詩句一樣的題目，得加些注解，有河書店，是一間曾屹立在淡水河畔的獨立書店（二〇一八年起換主易名）；隱匿，是女店主寫詩時的筆名（其實，這兩者在它們各自的領域都赫赫有名）。

應該是〇八年秋天吧，某日的《聯合報》頭版，一幅占了半版令人悠然神往的照片，那有名的淡水面觀音山的榕堤、一隻蹲坐回首的貓影，但文字是，「如果淡水老街沒有貓那還叫做淡水嗎？」新聞內容是，這些悠然自在的淡水貓在數日之內杳無蹤跡、等照顧牠們的志工們敘起、才知不是個別現象，而最終，果然在鎮公所的清潔隊尋獲倖存的貓隻，再追溯源頭，才知是臨河區的某餐館，只因顧客抱怨了門前出現的貓（是擋了風景？或非我族類必有病毒？）店家遂找了清潔隊抓捕了周遭的街貓。

我們，我和天文、和大隱於市在淡水的舞鶴，便徵得有河書店店主同意，辦了一場以淡水貓為題的講座，要求當日來參加的聽者帶著一張曾經拍過的淡水貓照片，因為，牠們如今都已不在了。

活動那天，來者塞爆了小小的有河書店，包括隱身在眾人坐席中當時的臺北縣長周錫瑋。我還記得，也在淡水與貓（黑呦）散步、將一己食糧白吐司見者有份分食街貓的舞鶴（知道後，我們有空就帶些貓糧給他，因為擔心他已清簡至極的生活會因此難活人），舞鶴率先發言「今天為貓來的請舉手？」結果全場都是，舞鶴遂說「那我們就別裝了，今天不談文學，來商量後續如何補救？」我們當場丟開我們唯一會、但慢死人急死人的文學，不分講者聽者的或淚流滿面或怒極打算揪眾上街向公部門陳抗的訴說著。

我記得自己的發言是，我舉了京都哲學之道貓群的故事。去過京都的遊人，無論喜歡不喜歡貓的人，都該記得哲學之道南起點若王子寺坡壁的貓們吧，牠們都有附近的鄰人照護，甚至我目睹過他們的排班內容細緻到還有一項工作「抱貓」，一中年男子盤腿坐在櫻樹下，腿上伏臥一隻沉睡的貓，他靜靜的撫著貓並對另一隻伸手伸腳想上他腿的貓輕聲說「還沒」，那貓之後近乎排隊的還等著幾隻討抱的貓。而附近的店家，全是以貓為主題的手工藝店如陶瓷杯盤、帆布袋、T恤、明信片筆記本……，幾隻街貓，撐起整條路的文創產業，所以，街貓應該是資產，不是垃圾。

（談動保時，我真不願意訴諸人的利益，但若這樣說，能讓大部分人族好過些、能打動甚至翻轉公部門的作為，那就這麼說吧。）

也有動保人攜了地中海小島和日本貓島的美麗攝影集，同樣邏輯地遊說在場的縣長，「這些是珍貴的觀光資源啊！」

結果是，縣長周錫瑋向在場所有人深深鞠躬道歉，承諾立即停止捕捉街貓、並配合志工率先擇有觀光產業的如淡水、坪林、猴硐、九份等處做街貓TNR、稍後再及於人口壅擠的三重板橋雙和等處。

風頭過了，人群散了，留下的，仍只是靜靜面著淡水河，店裡和店外露臺貓們多過顧客（啊我簡直不知他們如何存活）的有河書店的隱匿和詹正德。

我能做的，就是有空就帶國內外的友人去有河，那確實是作為臺北人的我打心底覺得驕傲的地方，小小書店裡的選書和陳列，遠遠豐富過以華美但單調一致的連鎖書店，耐人優游探索，次次，就算不是出於支持獨立書店的心情給他用力買，也都能淘得連鎖旗艦店裡找不到的一大袋書回。

時間允許的話，我們總在露臺面著觀音山坐一下午，而等到把自己坐成一墩石柱時，便會從四下冒出隱匿的那些貓夥伴們，有的前來吃喝永不匱乏的貓糧和飲水，有的察覺你是同國人的蹲踞短牆睇眼與你遙遙對望。

我非常喜歡讀隱匿寫貓，無論是日常臉書或二〇一六年結集出版的《河貓》。她充分尊重更重要是體察每一隻生命的獨立性和完整性，人類學式的、3D式的勾描（有別於太多自命為貓奴或鏟屎官對貓族只有愛和同情的單一面相），所以她手下的貓隻隻個性不同、甚至有可惡的貓——這對動保人來說，要說出來是多麼困難的事，這我和年輕作家兼動保人陳宸億在一場以動物與文學為主題的對談中都一致同意，最理想的動物文學，是敢於自由說出動物的可愛和可惡，那才真正完整，我們都做不到，原因無他，在牠們處境堪憐艱險的現狀，連幫牠們發聲都來不及了，哪有挑剔揀擇的空間，也許得到萬物皆平等了，我們才能本著那文學極獨特的核心價值「說出那不方便面對的真相」，寫出所有，不挑剔、不揀擇，不逃匿、不隱藏。

因此，我不知道隱匿是如何提前做到的，她甚至敢直率的在臉書上修理她那已嫌少少的白目顧客人族（或任意逗弄熟睡中的貓、或完全不看書的抱怨店裡飲料品目不多、或盤據露臺僅有的數個座位嬉鬧半日不消費……），比起隱匿，我這曾被人說「不愛臺灣人、只愛臺灣貓」的人，顯然要世故圓滑多了。

也因此，我老掛心他們如何存活，並且還得負擔那樣龐大數量的貓群（從淡水捷運站出口至紅毛城的河畔貓皆他們照護、或提供飼料和工讀費請淡大學生餵食），隱匿某次安慰我，他們每年靠自製的河貓月曆（匯集前一年貓友或他們自己所拍的河貓照片而成），養起整條河岸的貓、飼料、醫療和TNR費用。

詹正德與我同一天生日，都有面對人時的內向靦腆，隱匿也訥於言，儘管他們倆在網路是極生猛敢言、多想法、活力十足的人，是故一四年夏天，我在橘子猝死時一心只想去找隱匿，因為之前幾個月，她的金沙沙亦走於手術臺上，我日日讀她各式各樣的尋思文字，想尋她慰解。

在那樣一個黃昏，我與隱匿坐在露臺上，那黃昏的寶藍色降臨之際，我與她說著橘子的離去和之後我的陷入狂亂，隱匿靜靜聽，並沒回以任何安慰。稍後，她指指觀音山吐納的晚霞殘影，她說，每日的晚霞，她都看得金沙沙幻化而成的身影。

噢，是這樣吧，鏡頭拉得遠遠的，空拍那山、那河、那城鎮、那露臺上傷心的兩個人影，「我與始皇同望海，海中仙人笑是非」，時間大河中，金沙沙與橘子只是早我們一秒鐘先登岸去了。

隱匿的附註：天心姊提到：「從淡水捷運站出口至紅毛城的河畔貓皆他們照護、或提供飼料和工讀費請淡大學生餵食。」這應該是有段時間，有河和「淡水有貓粉絲團」合作，才能照顧到這麼大範圍的淡水街貓，非有河一家書店的功勞。

我的全景投影屋裡的一景——關於有河

吳明益

颱風過後就是我整理田園的時候，這事做一次累，做二十次仍然只有累可以形容，沒有一絲一毫的愉悅可言。上火車前看了《敦克爾克大行動》，出來時想起幾週前獲知有河會結束營業，而前一天書店的官網正式公布營業到十月。這兩件事毫不相關，卻有一個關於「空間」的念頭在心底縈繞不去。

從小影響我甚大的就是書和影像的空間。我住在電影街附近，小時候看電影是一件大事，不只是因為電影票昂貴，還有它的周遭活動對於庶民產生的隆重感與假日氣息。

當時雖然經濟狀況不好，但姊姊帶我去看電影一定會買平時捨不得吃的燒酒螺、滷味或醃芭樂，那些亮著鎢絲燈泡的攤子與街道和看電影本身是聯結起來的。電影院也是學校禮堂以外我難得一見的龐大場所，從後頭出現的光束打在銀幕上，另一個時空的影像在那個平面映現。我想一百年前班雅明看見「全景幻燈屋」的興奮感，應該跟那時候的我一樣，覺得那裡面的畫面，「有一種很強的吸引力。」

電影對我而言從庶民節慶轉而為文青或類約會活動是在大學以後。當時「看影展」的活動剛開始，主要的場所是在長春和真善美戲院。當選擇這樣的戲院看阿巴斯或安哲羅普洛斯時，「好像」就應該排除吃燒酒螺和滷味這樣的事。取代的是安靜的觀影經驗，與觀影前後的討論。窮一點的同學是在漢堡王或麥當勞，有錢一點的同學則在咖啡店。有一段時間，我也蒐集咖啡店的名片，雖然沒有消費，但我會進去店裡感受一下那個空間，然後帶一張名片出來。

到後來，影城總是和餐廳、服飾商場、遊樂場聯結在一起，藝術電影院則和咖啡館、藝術商品的店家集結。那天的《敦克爾克大行動》是在京站看的，當然整場都會聞到爆米花的味道，也就是觀影經驗裡無法分割的一部分。

我看到一篇訪談諾蘭的報導，提到他說：「所有用數位設備拍出來的電影，都只是對真正電影的模仿。」為了用好萊塢資金拍一段對英國而言意義非凡的戰爭歷史，諾蘭說他努力取得那些投資商的信任。這部電影七五％都是由 IMAX 攝影機完成拍攝，二五％則採用了標準的 65 mm 攝影機拍攝，如果在 IMAX 影院看，諾蘭認為將是「不用戴頭設就能看的 VR」，會有一種沉浸式的體驗。

這部電影以海灘的七天、海上的一日、空中的一小時做為三線交錯的敘事，它一面是實際以三段不同時間長度的角色經驗做為編織主體，我認為也暗示了心理時間的不同步，或許亦是他們離「家」的精神距離。對海灘上的士兵來說，超過一個星期（歷史上是超過）的堅守才可能獲得回家的機會，海上出發的民間船隊則是一天，護衛的戰鬥機群則是一小時（其中一位飛行員因為油表壞了，不斷看錶來衡量他何時應該返航）。從這個角度看，「看得見家」這句話在電影裡不斷出現的臺詞，兼具時間與空間的意義。

我在戲院裡享受著諾蘭藉由一流的裝備、頭腦與團隊帶給我的體驗，這樣的感受確實唯有在IMAX的戲院才得以重現。而看完電影後，觀眾的身體馬上又回到那個巨大的賣場空間（刻意營造黑暗氣氛的影廳、五光十色的餐廳，再下一樓就是生活用品、名牌衣服賣場，再往下是捷運站……），但我的心還留在敦克爾克。

買書的空間對我來說也有幾次轉變。小時候中華商場的舊書店和租書店是我閱讀的啟蒙，一直到中學的時候，因為搬到永和上學，所以社區型的文具店便取而代之。幾天前和漫畫家阮光民談到「港漫」的經驗，就是留存在那樣的空間感裡：下課時我們斜背著書包回家，當經過那些文具店時，每一期的《中華英雄》、《醉拳》、《如來神掌》就用鐵夾子夾在一條繩子上，在那邊飄啊飄的，撩撥我們的心。有時候我們會趁老闆不注意，伸手去翻幾頁，那些漫畫冊因此邊緣都捲了起來。

高中時我才體認到有圖書館這回事。當時我曾經去過一間特別的圖書館，是在西門町天后宮的樓上，上去得經過一個旋轉樓梯，下來則是從另一側的旋轉樓梯。在那裡讀過什麼書我完全忘了，但身體依然記得那微妙的空間：窗外飄來香煙、誦經聲，走下旋轉樓梯時，會看到臺北廟宇很少見的整排燭臺。有時候香客太多，沒有空間插蠟燭了，工作人員會將它們一一吹熄收起來。我常想那些半截的蠟燭不知道到哪裡去了。

高中直到大學才是我「逛書店」的開始。因為讀成功高中的關係，放學後「可以」經過重慶南路，除了那些舊書攤與折扣書店天龍書局，後來還有一間氣氛上類誠品的「東華書店」（事實上以教科書販售為主）。另外就是光華商場那些既賣A片又賣舊書的店家。我喜歡在不同的書店走進走出，未必會買書，純粹是走進那個空間，讓我有一種洗滌感。在那個青春的、痛恨一切又感傷自己的痛恨的年紀，我需要每天有幾分鐘待在那個空間裡。

大學後誠品開幕了，我和同學珀琪大二時選擇在裡面實習。她被分配到畫廊，我則跟著當時誠品唯一的美工（一個留著短髮的美麗女孩，但我連她的姓都忘了）工作。當時我在誠品看了據說是臺灣第一場全裸的劇場演出（霜田誠二），看了司徒強虛實交錯的畫展，看了第一次報導臺灣環境與政治運動的紀錄片影展。直到現在，誠品對我而言都不是「買書」，而是那個空間感，那是網路書店沒辦法給予的。現在只要我一閉眼，都還可以回到滿場觀眾坐在地板上，屏息看霜田誠二把衣服脫掉，一件一件摺在書桌上，那個燈光、氣味與窸窣聲環繞的地下室。

我認為過去在中華商場、牯嶺街、光華商場地下室許多商家，應該也算是獨立（非連鎖）書店。只不過千禧年後的獨立書店，伴隨著是一種空間的轉變。在這個時期出現的小書店，更像是一個一個獨特的洞窟，那個洞窟在形象上各具特色，有時會宛轉幽微地進入洞穴主人的心底。

我曾在臉書上提及這一段經歷，說自己是「小書店」培養起來的作者。既不是副刊、出版社，也不是文學雜誌。這是因為在我寫作的前十年，遇到的知音都是小書店的店主。我第一場真的有印象的座談就是在永和的「小小書房」裡，在那個第一代的小小書房，大約只有十名聽眾，擠在一個小小空間裡聽我說話。結束後我把虹風給我的演講費全拿來買書，其中有一本是林春吉寫的《臺灣蝴蝶食草與蜜源植物大圖鑑》。我記得虹風當時跟我說：這本書好像就是進來賣給你的。

與「有河book」的緣分則應該是《迷蝶誌》新版演講時，講了Annie Dillard的作品。在那個小小空間裡，店主686與隱匿一直站在最後面聽。走出書店時我第一次覺得自己真是個writer了，是這些小書店讓我和聽眾站在同一個高度，而不是在大書店看台上的Writer。雖然這跟愛特伍講的大寫的Writer仍然不同。

《天橋上的魔術師》的故事也是從有河開始的，當時是《複眼人》的新書講座，我一下捷運看到路邊的街頭藝人，突然間一個故事來到眼前，我就決定演講時把它講出來。由於講的時候臺下聽眾眼神發光，讓我有自信把它寫成一本書。當時每一位聽眾的眼睛，都成了那河邊書店空間感的一部分，偶爾我寫作迴盪低谷時，就催眠自己，回到那個潮濕的空間裡，講話時背後有詩、有貓、有河、有山的空間裡。

《單車失竊記》的最後一場也刻意安排在有河。對我來說，只要有河在，而隱匿與686不嫌棄，它都會是我每一本書行旅的一站。沒有為什麼，因為有河的窗景與我家的窗景是一樣的。我望去的淡水河水，也許十五分鐘後，就是你或河貓在有河天臺上看到的河水。

（有時候漲潮則是反過來。）那裡的賣書人和你一樣愛著這些植物與人類靈魂共製的標本，那裡的貓是被愛著的，以至於這裡的夕陽也與五公尺外的夕陽有所不同了。

我雖然是河友，但不常去有河買書，偶爾訂書取書，去了也從沒有和686或隱匿多談話。和河貓的交談也是淺淺的，短短的。這一方面是我的個性（我連去花蓮的「時光」，都不敢跟自己的學生小美多講話），一方面是我心底知道，沒有什麼事是永恆的。

我並不喜歡自己放感情，我不喜歡如果有一天有河不在了，每次經過河邊就想起有河。

但我知道我離不開那個空間了。那是我一生裡「全景投影屋」的一景。

不負如此好風景

總是在午前時分，我們總是在附近小吃餐店草草吃過午飯，騎著機車從遊客群集的老街轉進巷中，搬搬挪挪騰出空間停好機車後便來到河邊，望著觀音山頭的雲氣集結判斷是否會下雨，又或許從漲潮時的河水顏色偏黃偏綠來決定當天的心情；有時會看見漁人在河邊拉起長長的漁網一邊修整一邊曝曬，有時則會看見河邊宮廟請來酬神的歌仔戲團為了演出而辛勤地搭臺。在河邊的人們最常見的活動總是為了生計，我們也不例外，拿出鑰匙，打開鐵門，直上二樓，我從店後繞到前方露臺拉起重重的鐵捲門，隱匿端出細心處理好的貓食與食器，開始吆喝四周潛伏的河貓們出來吃飯，隨著一隻又一隻的河貓逐個現身、聚集，我開始燒起開水，煮起咖啡，打開電腦，播放音樂，然後貨運大哥送書上來，我又忙著打開書箱，將新到的書一本一本陳列上架，同時將訂書揀出，退書下架，偶而也會猜測第一個客人何時出現、要等多久才會賣出第一本書、今天會賣出幾本書？

這樣的日子我們過了三千多個。

除了每週一的公休日以及每年幾次重要節慶或特殊事由沒能開店之外，幾乎每個營業日我們都謹守對外公告的營業時間，如此整整十一年。

但日子其實不等人，我們沒有時間想太多，一旦決定開書店，找好店面、與房東簽下房租租約之後，所有事情就開始追著你跑，這一切不但停不下來，你偶然停下腳步想想還會覺得可怕更不能停，一停下來所有事情與問題就開始累積（不可能憑空消失），甚至衍生出更多的事情與問題，因此你只能不停地解決、處理，所有的餘裕只能拿來做好面對下一個問題的心理準備。

因此這十一年的感受是晃眼即過，我們幾乎是一口氣衝過來的，活像那不知根由為何的傳言：人死前會看到過往的所有時光飛快地在眼前「重播」過一遍，每次回顧時我也總有「死去活來」之感，若要問我當時間倒退回到二〇〇六年是否還會做出同樣選擇的話，我是愈想愈不敢回答。

二〇〇六年，我與隱匿雙雙進入「自願性失業」狀態後，開書店這個想法就忽然進入我們的腦袋裡，當時我們都已經三十好幾，職場歷練都超過十年，絕不天真，也不敢說是勇氣十足，但以我們有限的資源及能力，這確實是眼前唯一值得我們去嘗試的路。

我們當然也不敢貿然投注一切，雖然對書業陌生，但是對書市並不是一無所知，實體書店在當時早已不被看好是一行可以賺錢的生意，周遭親友得知後的反應不外是「真的嗎？」、「這年頭還有人開書店？」、「考慮清楚了嗎？」，這些善意的關心並沒能打消我們的念頭，而我們一心想的只是：到底要開一家怎樣的書店？

當時在那節骨眼，網路書店已經很強大，傳統的社區書店、街角書店都已經開始退場，重慶南路書店街愈趨沒落早已不是新聞，因此若只是想開一家傳統書店是絕對行不通的。我們也算是被這惡劣的書市環境逼迫得想辦法開一家有特色的書店來（那時「獨立書店」四字尚未見諸媒體蔚為風潮），我們的想法是：只要能經營出特別之處，且這特色又能吸引到夠多的客人，那麼這樣的書店才有可能存在。

最基本的特色就從書店坐落何處開始，我們當時有個天真浪漫的想法，就是覺得書店開在河邊很棒，還有什麼特色比得上這點？全臺灣沒有任何一家書店開在河邊，這不就是我們的大好機會？於是我們給自己立下了一個艱難的門檻：我們的書店一定要開在河邊，可以直接看到河景，如果河邊找不到店面我們就不開。

會給自己立下這個門檻坦白說是有一點「找不到就回去做老本行」的心虛味道，所以門檻的另一面其實是個下臺階：既然沒有找到喜歡的店面，所以開不起來，那麼回去重操舊業不也就理所當然？這算是給自己一個退縮的藉口吧？但是幸運之神真的眷顧我們，我們還真的找到了這樣一個小店面：十四、五坪左右大小，兩人顧店剛剛好，且就在淡水河邊，直面觀音山（當時門口尚有兩棵黃槿樹，是那段河岸最高大的兩棵，卻於二〇一〇年受河岸拓寬工程所害，被完全剷除！），距離捷運站步行只有三分鐘路程（好像建商話術！），一切都非常完美，重點是在二樓，房租比一樓便宜好幾倍，正好是我們可以負擔的範圍。

這也難怪隱匿當時就在開店日記裡寫了這句：「不是我們租到這個房子，而是這個房子找到我們！」甚至一週之後她又寫了一首長詩〈甘心過這樣的日子〉。

我們找到這麼特別的地方開書店，如果只是弄得像間誠品一樣，原木地板、舒適沙發、溫馨裝潢，走「燈光美氣氛佳」的路線，那就完全辜負了眼前這一片美景（任何一個店面只要有錢都可以那樣搞，何必大費周章找到河邊來？），因此我們決意要來點不一樣的！既然在河邊，又離出海口不遠，那就用藍色與白色為主色調，淡水的特色舢舨船船身也是藍色，這樣就能凸顯水邊的意象；甚至隱匿還在店內及樓梯間親手繪出大大小小的水鳥、觀音山、淡水河、黃槿花等等，讓書店與周遭各項地景聯繫得更緊密。

如此還嫌不夠，我們又把店內隔著露臺的毛玻璃落地窗改成透明玻璃，同時自己一廂情願地設想：可以找詩人來玻璃窗上寫詩呀！這樣從店內看出去，不僅可以看到無敵海景，還可以看到玻璃窗上的詩句，如此讓店外的自然風景與店內的人文風景相互輝映，有河 book 的特色就出來了！我甚至還把這些想法歸納出一個「風景書店」的概念，只有符合此概念的做法才可以被採納用在書店上，若不符合的話，再好的想法都不能用，強行要用的話只會造成干擾，甚至在美學上產生衝突或矛盾，讓讀者混淆，本來分開來看都是好的，湊在一起反而就不好了，所以千萬不能這麼做。

書店的特色一步一步做出來，既然訂下了「風景書店」的概念原則，店內的人文風景若是不能搭配自然風景，那麼還是不算成功，所以接下來就是如何充實店內的人文風景。所有的規畫走到這一步，最重要的就是店內的選書了，這是最核心的關鍵問題，選書不夠精到的話，一切都是枉然；好在我們很快又定下了一個選書方針：以文學、電影、生態、旅遊四類書籍為主。說是四類書，其實核心中的核心是文學類，電影類是由於我本身主要都是寫影評的緣故，所以需要特別強調一下；至於生態及旅遊類則是為了符合本地的遊憩觀光及整體環境特性所做出的「市場考量」；每一類書各自都還有不同的選書原則及標準，這就不再一一細表。

以上是理性分析思考後的做法，但有時候非理性（即任性）的做法也有其必要，且事後看來更能打動讀者。

我們的非理性做法是：實務上所有上架的書籍都必須精挑細選（臺灣一年出版四萬種書，市售未絕版的新書可能多達十萬種以上，我們的書店書架放滿頂多四千本），理想上只要我們自己有興趣、覺得是好書就可以上架，但只有一類書我們是不挑選的，只要有書就進，這類書就是詩集。

中港臺不論，繁簡字均可，只要是現代詩集（古典詩詞就抱歉啦！），統統照單全進，甚至是詩人自己手作、只有幾本的特殊限量詩集，也都來者不拒。會這樣「不理性」的原因一是由於隱匿本身是詩人，所以我們會想特別經營詩集這一塊；二是由於詩集一直被認為是小眾讀物，銷售量不多，在各實體書店通常都不會很齊全，也不會有太多陳列空間；我們想要反向操作，於是就放手進了大量的各類詩集，愈是市面罕見愈佳，所以我們很快就成為臺灣詩集最齊全的書店之一，沒有前三名至少也有前五名；倘若論到詩集占店內書籍比例，我們應該是第一無誤，詩集可以占店內書籍總量的四分之一甚至三分之一，我到後來甚至想過就開一家只賣詩集的書店亦無不可，但是終究中文詩集的數量還是不夠，放不滿店內的書櫃。

這樣苦心孤詣的經營，一開始當然犧牲了許多，也曾被批評曲高和寡，許多客人上來看到某櫃都是沒看過的書一開始還覺得很新鮮，拿下一本來翻看，是詩集，就放回去，再拿另一本翻看，還是詩集，抬頭一看，發現這幾櫃都是詩集，就搖頭走到其他書櫃去了，有的乾脆就離開了。但是這本來就是我們開書店的初衷，所以也沒有妥協的餘地，只能一直死撐下去；幸運的是有愈來愈多的詩人朋友發現、認識了我們（從鯨向海、楊佳嫻、夏宇、黃粱、零雨、阿鈍、阿芒、李進文到周夢蝶……恕難以一一盡數），願意在有河辦新詩集發表會、座談活動或者來寫玻璃詩，這樣才慢慢愈滾愈大，愈來愈多愛詩、讀詩、寫詩的讀者發現居然有我們這樣一間以詩集為主要號召的書店，於是願意來店裡看看，結果原本閱讀市場裡的小眾，卻因為具有強烈的「死忠」特性，成為我們書店的「大眾」，每年銷售量最佳的書前十本可能有八本都是詩集，甚至全部都是詩集，因此成為我們得以穩定存在的支持力量之一。

我們的經營方式並不單純只是商業上的生意往來，因為說到底，除了某些特別的詩集真的只有我們才有之外，大部分的詩集只要沒有絕版，上網路買都能買得到，可能還有我們給不起的折扣，又極便利，如果只是以商業上做生意的心態，我們其實沒有什麼優勢，也做不來；我們所展現給讀者的，大概是這樣一種態勢：我們自己寫作（隱匿寫詩、我寫影評）、自己編輯設計、自己出版、自己賣自己的書，所以讀者不是來買書而已，讀者是來與我們交流甚至交往的，買書有時反而是其次的事了。

由於在開書店之前我與隱匿都已各自累積了一些作品，都或多或少曾在網路或其他媒體上發表過，一旦書店開了起來，我們便覺得應該自己出版自己的創作，詩集出版的門檻較低，在一些朋友的建議及協助下，開店第二年隱匿就出版了她的第一本個人詩集《自由肉體》，當時是獲得國藝會的補助才得以出版；過了二年，我們又自費出版了第一本玻璃詩集《沒有時間足夠遠》（請到作家舞鶴題字），且由隱匿編輯，也藉此過程熟習從編輯、設計到印刷等各項環節的實務作業。這本玻璃詩集收錄開店三年來將近七十位詩人的玻璃詩，詩人寫詩的當下我們都已有大量拍照存檔，每一篇都由隱匿再另寫專文紀錄，整本全彩，並且為了在印刷上凸顯玻璃詩的特色，採用了比一般紙貴四倍的描圖紙，還特別以一頁描圖紙、一頁再生紙的方式呈現，從印刷到裝訂都非常費工，這本詩集一出，大概就沒有人懷疑我們是玩假的了。

此後我們幾乎是以每年一本的頻率出版自己的書：二〇一一年出版隱匿的第二本詩集《怎麼可能》，二〇一二年出版隱匿的第三本詩集《冤獄》，二〇一三年出版第二本玻璃詩集《兩次的河》（這回請到作家朱天文題字），二〇一四年出版我個人的第一本影評文集《看電影的人》（與一人出版社合作出版），二〇一五年出版了隱匿編著的散文集《河貓》（有河九年照養過的一百一十五隻流浪貓全紀錄）及她的第四本詩集《足夠的理由》，二〇一六年出版開店十年紀念詩文集《十年有河》，總共出了九本書，二〇一七年則是營業的最後一年，未再出版新書。

這樣看起來好像我們做得還不錯，但光是每年出版一本自己的書就已經把我們的時間與精力逼到了極限，難有多餘氣力再去發掘好的創作者出版他們的作品，即使如假牙詩集《我的青春小鳥》這樣叫好又大賣的詩集。

假牙是一位馬來西亞的華裔詩人，從這筆名就可意會到他的詩作具有相當程度的戲謔特質，其淺顯直白的文字又極具穿透力，許多讀者看完他的詩作都經常笑翻，但笑完以後再一思之，往往便覺得某種荒謬或悲涼感浮上心頭，不是只有好笑而已。在有河開幕的第二年，在詩人鴻鴻的介紹下，我們發現了馬來西亞出版的這本假牙詩集，只在Page One書店的臺北一〇一分店有售，於是我立刻衝去Page One，一次買了好多本（我傻傻地想：這樣臺灣就有兩家書店有售了，雖然沒有賺頭，但只要賣完我也沒賠），放在店裡賣，當時就覺得這本詩集太有趣了，應該會是長銷書；於是在賣完之後又想方設法透過出版界的朋友輾轉自馬來西亞進書（甚至與假牙本人聯繫上並且變得熟識）。但是當時畢竟臺灣讀者還不認識這位詩人，一次進太多會有庫存問題，進量不夠多則每本得負擔更多運費，如此兩難的情況下我們也只能選擇一次進一批書，以最符合經濟條件的數量（單位最低運費及庫存成本），賣完再考慮進下一批，並且有機會就介紹給愛詩的朋友及讀者，就這樣斷斷續續賣了八年，在寶瓶出臺灣版以前，累計已經賣出大概有一、兩百本。

可是這樣的成績從整體書市來看還是只如大河中一個小漣漪而已，認識假牙的詩友讀者還是非常稀有。堪堪來到二〇一五年底，上門指名購買假牙詩集的客人忽然一夕爆增，當時還有二十多本庫存立時被搶購一空，後續訂單一直累積，原來是小鳥茵在網路上介紹了一首假牙的詩〈鄉愁〉，竟然引發網友們對於假牙詩作的好奇，再一搜尋，只有有河book有書，於是一傳十十傳百，求之者眾而得之者寡，得不到的最撩人，假牙詩集的熱烈需求也就此被渲染開來。隔年，假牙詩集的臺灣版由寶瓶出版社正式出版，一上市就引發銷售熱潮，不斷再刷，一年多後銷售量破萬，還出了紀念破萬的「銀牙限量版」，簡直就是臺灣新詩出版史上最新的一頁出版傳奇。

當然，這樣的銷售量已經不是有河一家所能獨享的了，而是全臺大小書店一起創造的，而我們很高興在此之前只有有河一家默默在推著還很寂寞的假牙詩集。

這樣的故事也感染到一些詩人朋友，就算我們無法為其出版，但是至少可以在店內推廣販售他們自己出的詩集，甚至為他們經銷發行。最特別的例子是孫維民詩集《拜波之塔》，這本詩集原是詩人一九九一年自行出版，是他的第一本詩集，於有河開店之前便已絕版，但後續幾本詩集在有河都還賣得不錯，二〇一六年孫維民重新修訂，當時便希望由我們幫他編輯、發行，但我們沒辦法發到連鎖書店及網路書店，所幸友善書業合作社已經成立，所以這本《拜波之塔》在全臺大部分獨立書店應該都能訂購，也只能在獨立書店買到。

更早以前的例子還有詩人夏宇，有河開幕不久某個夜晚她忽然前來，除了給我們好大一個驚喜之外，還留下一首詩：

〈夢幻書店〉

最前面是河
然後是一棵樹
然後是露臺
中間幾千本書
最後面有個浴缸
最遠的是海

此後夏宇便直接與我聯繫詩集寄售事宜，若有出版新詩集，我大概也是最早被告知進書的人之一。夏宇詩集幾乎是有河賣得最好的書了，總銷售量穩居第一，她的《粉紅色噪音》即使上市不久便賣到絕版，多年來上門尋此書者仍然絡繹不絕，導致我們必須三不五時公告：「《粉紅色噪音》已絕版，且不會再版，別再問啦！」最新詩集《第一人稱》出版，我也隨之引進友善書業合作社，讓全國獨立書店都能買到夏宇的詩集。

旅法詩人菲奧娜・施・羅琳（Fiona Sze-Lorrain）《無形之眼》及零雨《種在夏天的一棵樹》這兩本詩集則是因緣際會的意外驚喜。《種在夏天的一棵樹》是零雨的詩，由菲奧娜英譯；《無形之眼》則是菲奧娜的詩，零雨中譯，彼此互相翻譯對方的詩集，兩本都是雙語出版，最難的是出版地遠在法國，我們也只能盡量發到有詩友需求的獨立書店去，並且也在自己店內辦了詩集發表會，當天菲奧娜遠從半個地球之外和零雨雙雙來到有河，朗讀彼此的詩，如此因緣，自有河結業之後，便就此不再。

零雨來過有河多次，最早是詩人黃粱帶她來介紹給我們認識，在得知有河早期經營的窘境之後，毅然提供她的幾本詩集給我們寄賣，包括已絕版的、許多詩迷搜尋再三的《木冬詠歌集》，說是寄賣，但後來都不結帳，等於是送給我們（零雨是說送給河貓），這樣的深情厚誼，實在不敢或忘；而且還不只零雨，黃粱送的更多，他的絕版詩集《瀝青與蜂蜜》在有河「重見天日」之後，就曾讓一些資深詩友驚呼連連，大喜入手。

將自己的詩集送給有河寄賣的詩人其實還不少，每一位都讓我們感激涕零，最後要特別感謝的是小說家駱以軍，他早年自印的詩集《棄的故事》，在書痴的江湖中早已是口耳相傳的絕塵逸品，市面無任何書店得見，與夏宇的《備忘錄》一樣，成為最難尋得的詩集之一；而就在有河開幕之後不久，駱大託朋友捧來一紙箱說要送給我們賣，書價隨我們自訂，他不分潤，我們打開一看，是數十本墨綠色封面的《棄的故事》！那一瞬間我彷彿經歷人世間最美好的一刻，整個人洋溢在激動卻又平靜的幸福與幸運感之間，心想怎會有素昧平生之人（當然我們對駱大是心儀已久只是之前無緣相識），忽然就將自己的創作心血披瀝以贈呢？這對我們而言已不僅是單純的饋贈，更是一種託付，是一種不能隨便辜負的厚重心意，促使我們在之後十一年的河邊歲月，不敢有一刻鬆懈，生怕輕慢了創作者之心；而這樣誠摯的心意才真正能映照青山黃河，無以還之，只能錄之刊之於紙，永誌不忘。

當然有河的選書不僅是詩集，還有許許多多的文藝創作者，從散文家、小說家、影評人、劇作家、攝影家、音樂人乃至影像工作者，也都或多或少透過相關出版品與我們認識、結緣，十一年來這樣動人的故事發生太多了，遠遠超過我們開店之前的想像，不是一篇文章可以盡數，或許日後會有機會再一一道出。

三千多個日子以來，我們一直守在這河邊，最後那個靜謐夜晚，在餵完最後一隻河貓之後，看著牠消失在牆垣盡頭，我們熄燈，打烊，拉下鐵門，下樓，沿著河岸走一小段，以前總能聽得水鳥振翅、舢舨船繂繩的拉扯，以及河水撞擊河岸的聲音，遠近交錯舒緩有致，讓人感到很安心、很平靜，一切是如此美好；但這些只屬於淡水的聲音，卻在近幾年因河岸拓寬工程而逐漸變調，我們本來離河岸很近，一下子變得好遠，那些美妙的夜聲也愈來愈難聽聞，本來以為山河不易變貌，我們可以永遠臨憑俯仰，結果竟是「人定勝天」，開發至上！我們尋到這片美好風景，之後便守著它希望不辜負它，如同那些創作者的純潔之心；我覺得我們有做到，只是遺憾守得不夠久，希望後續更多有心人能不斷接替守候，或許多年以後，還會有人記得我們曾在此十一年艱辛而甜蜜的書店時光，一切便不枉矣。

曾經有河——專訪隱匿

盧慧心

第一次見到隱匿的情景我還記得很清楚，那是個燠熱的盛夏正午，全世界都被曬得沒了影子，或說都被曬成了影子。當時隱匿在一個小小的火車站等我，纖細的她戴著墨鏡，僅露出秀緻的輪廓，那情景極似歐陸電影的一個定格。後來我才知道她在近視矯正的雷射手術後，眼睛就常因強光、風吹、乾燥等問題不舒服，在戶外必須用墨鏡保護眼睛。

想想，隱匿的身上多有這種奇妙的氛圍，包括她簡約的衣著與生活方式、不化妝的習慣等等，背後都有樸拙而實際、甚至又傻又好笑的理由。

初相識時，我是個還搞不清楚該何去何從的夜校生，而她從事設計工作多年，正著迷於寫詩。在那個當口相逢，時代在水面下湧動，只是未露痕跡。事過境遷才醒覺過來，當時正是前網路時代，人類的生活型態即將要全盤改變，我們的青盛時期注定如海上的偏帆兜轉，然而我們的友誼奇妙地在造化的定數裡穿針而過，就有絲線那麼勁韌柔軟。

隱匿跟我恰巧都是在彰化鄉鎮裡出生長大的，我是員林人，她來自社頭。因為都對文學有興趣，所以有很多話可以聊，我們不見面時就在部落格上互相留言，相聚時都在談天，或說是漫談，我們分享新知、細碎的思緒、生活中的偶得，討論看過的書跟電影等等。

我相信冥冥中有顆星照亮了我們彼此的命盤，因此，講話很小聲兼聽力不好的隱匿竟與吵鬧多話的我非常聊得來。有時我吵得她頭痛，多年前我們曾一同去看臺電附近那棵高大的加羅林魚木開花，層層如雲的花團鋪天蓋地花香瀰漫。隱匿頭痛起來，也只能推測是花香讓她頭痛。今年花季她去看花回來說，濃香非常，但不覺得頭痛，我想她的頭痛畢竟還是我當時太吵鬧造成的。

最近有次跟隱匿見面時，我說我曾有很長一段時間並不懂得要跟小動物（包括嬰兒）講話，我會誇讚牠們，但很晚才領悟，這並不是在跟牠們溝通，我必須跟牠們對話才行。精通貓語的隱匿大感震驚：「怎麼可能？你明明這麼愛講話！」她似乎將之列為相識以來最衝擊的一件事。哎，我以前就是以為我不必用講的，以為只要心靈相通，小動物自己就會知道了——我太晚才醒悟到，意念要化成聲音才算實質化，現在只好努力亡羊補牢，不過這都是後來的事了。

若是從初見面開始算起，我們起碼悠悠地過了三、四年很閒散的時光，相聚便是聊讀書跟看電影的事，我不會寫詩，對詩的胃口還澈底地被國文課《蓮的聯想》及其測驗題毀壞過，隱匿卻在各種文類中特別喜歡詩，托了她的福，我跟著讀了許多好作品，真正認識了詩。

我們那時的生活可說是都不太務實，比較務虛，對當時大環境的情勢變幻一點警覺心都沒有，不過也因為沒有警覺，才能那麼輕鬆吧。

當製造業的工廠爭先恐後移往中國，臺灣的工作機會大量流失時，連隱匿原本熟習的設計工作也變得愈來愈少，或者被要求必須到中國任職。然而隱匿並不為此煩惱，她對金錢原本就沒有執著，一直顯得有些少年老成的隱匿，當時雖然才三十歲冒頭，卻帶著一股彷彿燃燒殆盡的淡淡避世感，頗有在社會生活中退隱的味道。

她曾在一次創痛的失戀後活得行屍走肉，還因之發生車禍，然而這也是她重生的契機，這次的重生是為了詩，她說是打開了神祕的開關，終於能寫自己的詩了。其實她寫得出很好的散文，更年輕時也嘗試寫過小說，卻始終被詩召喚，她選擇了詩，詩也選擇了她。

如果說詩像珍珠，有位寫詩的朋友，就像認識產珠的蚌（？），還親自見過成為珍珠核的那粒沙。我在隱匿的詩裡常常同時見到兩個面向，是光潔明晰的作品，也是人生中難以任之流逝的片刻，像是在餐廳的廚房吃飯，我吃到的和客人吃到的菜式一模一樣，但我有幸看見了烹調的過程，見到烈火與滾油。

隱匿時常換工作，大概隔一段時間就會辭職休息一陣子，她在生活上的花費甚少，也不買衣服，可說是領先時代，過著身無長物的極簡生活。

她說在滿三十歲前，因為喜歡「極好」的東西而把卡刷爆過，卻被身邊的人嘲笑，因為她重金買下的、「極好」的東西，一點都不起眼，譬如墨黑上帶著一點雪絨的毛衣，僅僅在領口針法稍有改變，成了斜面的立領，穿起來擋風。又或是深荔色皮面的短外套，剪裁比較中性，稍厚，連著羊毛帽，穿起來都不覺得是重金買的。

然而至今她都還在穿這些衣服，當時的不起眼，畢竟還是極好的。這就是我起先說的，乍看特立獨行的隱匿，其實是在不得不然之下做了簡明的抉擇。卡刷爆了，她放棄以購物來遂行物質上的審美要求，與其在經濟上失去自由，倒不如以低限度的花費，與自然為伍。又譬如，大家以為她高冷，其實她是常常處在聽不到的情況，有時我語速太快，她什麼都聽不懂，然而她又無法掩飾過去（如果可以的話，她大概會假裝她聽懂了吧），總之，隱匿常常不得不叫我「講話慢一點」。

她曾想用聆聽錄音帶的方式來學習外語，結果完全不能理解，明明是寫在課本上的對話，一段一段播出來，她卻聽不出來龍去脈。後來我讀了奧利佛．薩克斯（Oliver Sacks）的書，不禁想到這世界上一定存在一批和隱匿一樣無法處理音訊（或是有處理困難）的人。

隱匿單身時在大臺北遷居不斷，竟搬過四十幾次家，即使是曾在巴黎四處搬家，自認有「搬家癮」的科蕾特（Sidonie-Gabrielle Colette）在這輝煌的紀錄前也只能相形失色吧。然而自我們認識以來，隱匿搬家的次數屈指可數，上次搬家已是二〇〇四年，那年她搬到與686婚後兩人合購的新居同住，就在淡水左岸。

這段時期中，隱匿已經在網路上累積了不少讀者，在平面媒體上發表的機會也愈來愈多，她雖不常寫愛情，但也有以愛情為主題的詩，如寫給686的〈偶爾也該有人為大肚男寫一首詩〉。談起當年在網路上寫詩的風氣，就必須提到鯨向海，他除了是優秀的詩人外，他個人胸懷的廣闊以及對詩的愛情，讓寫詩與讀詩的人群聚起來，替這個即將再次躍升的文類鋪墊了前所未有的優良環境。

二〇〇六年，686離開了原先任職的廣告公司，兩人起了一同開書店的念頭，當時兩人都是興沖沖的，幾乎只籌備了六個月，就在淡水右岸找到合適的地點，同年十一月，有河book就這麼誕生了。

對書店懷抱理想，曾寫〈甘心過這樣的日子〉以明志，隱匿與686開的書店自然是與眾不同的，光是詩集專區收藏之豐，就勝過所有連鎖書店。有河也對年輕創作者特別友善，有不少年輕學生來寄賣創作品或自製刊物，邀請詩人到店裡寫玻璃詩，後來也成了書店、藝廊、咖啡館與創作者互動的一種方式。

開店後，隱匿失去了自己的私人生活，店裡營收不佳，隱匿只得另外接設計案來養書店。因此接連幾年，凡是店主們私下提起歇業這個後路，我都會沒心沒肺地大表支持。在開店之初，我自薦成為店狗（寧可放棄人類的身分，也不想工作），隱匿覺得很好笑，此後都以店狗來稱呼我。身為店狗而老是想把書店給關了，到底是很沒義氣的。

結果書店卻一路維持下去。

隱匿在有河陸續出版了《自由肉體》、《怎麼可能》、《冤獄》等詩集，也製作明信片和帆布包等，用這些收入來支持店務。她還獻出所有餘暇來改善河邊流浪貓的生活、暱稱牠們為河貓，店休日也會去餵貓。當隱匿與貓的聯結愈來愈深，書店成了她與河貓的堡壘。她每天從河左岸匆匆奔赴河右岸，為渡輪寫詩，為公車寫詩，為河、鳥、貓寫詩。我已深知此店不能關，於是店狗與隱匿的天馬行空，逐漸轉向如何讓有河 book 變成有河 cat 等種種陰謀陽謀。

有河 book 對貓友善，意外打響名號，卻也飽受困擾，事實上，有河的知名度一直沒有反映在收益上，這間店絕對能擔任商學院教科書裡頭的反面教材。收入不豐，勞動而無報酬，此中細瑣磨人的雜事，將兩個店主一點點消耗掉。

一開始只是想賣書，以飲料補貼收入，卻一再被誤認為咖啡店。因為讓貓到店裡來，又被誤認為貓咪咖啡，騷擾貓的遊客湧入店中——隱匿嘗遍了開店的各種磨難，但也在書店遇見了各種最好的人，甚至是一生的朋友。

到了二〇一三年，二〇一三年是傷心的一年，隱匿將病重的金沙領回家照顧，自己也大病一場，後來雖沒留住金沙，但隱匿仍平安地回到日常生活，讓周遭的朋友們都鬆了一口氣。

隱匿確診時我像遭到晴天霹靂，說是天要塌下來也不為過，隱匿不僅是我的多年摯友，我們還是一同成長過來的小夥伴。我不斷憶起年初我們在水泥陸橋上看著夕陽的那一幕，那個靜謐的黃昏，橋下幾乎沒有行人，在橋上可以看見路旁的樹冠，如此濃綠的。空氣逐漸隨太陽移動而冷卻，煙塵下沉緩緩觸地，視野更加清晰。隱匿說，她發現自己身上似乎有幾項癌症的徵兆，即使686也催她去檢查，她仍不太想去看診。

我相信我當時一定說了「快點去看診吧！」之類的話，但得知確診後，我不免自問，這樣說足夠嗎？我是不是也很擔心癌症是真的，所以我抱著鴕鳥心態不敢催促？

隱匿的病教我驚慌傷痛，也驅使我看見自己。隱匿能對自己所深信的價值無畏付出，終於超過負荷，而我徒有信念卻逃避實踐，除了慚愧，我還隱約感覺，我若是繼續懶惰，會害她要承擔更多——我會這樣想，也是因為我深信我們頭上有同一顆星星。

隱匿明知我是個貪戀生活的人，難以面對無常，她就安慰我說她的命盤注定帶病延年，叫我不要擔心。她也在這次抗癌療程過後，重新找到前進的力量，與病相處，又從中更進一步，寫出許多從黑暗中透出溫柔的詩，收入第四本詩集《足夠的理由》。

二〇一五的九月，我到店裡找隱匿玩，後來才知道，那天我已經懷著一個小小、小小的寶寶在肚子裡。日後這孩子成了我生活裡的主角，幾乎相隔一年多我都沒有再回到淡水，是隱匿幾次放下店務和貓來看我們。因為不易見面，我們和另外兩位寫詩的好友常寫群組信聊天。有好友當我的門窗，我的育兒生活似乎也輕盈了一點。

二〇一七年，隱匿身上的癌細胞捲土重來，在長久的商談後，有河book決定頂讓，隱匿也開始接受放療。對隱匿來說，放不下的只有貓。

談到貓隱匿就變得活潑起來，她常學貓的表情給我看，非常傳神。隱匿不善與陌生人交談，但能跟偶遇的貓搭訕，如果是熟稔的貓，她能與大家久聊而不倦，抵掌長談（因為貓常常要踏在她身上）。她寫貓就像寫情書，在有河book，與一百三十四隻貓相遇離散，彷彿很長很長的情史。

聽說任何一段關係，都是在替彼此見證生命，隱匿與百餘貓的感情關係，便是如此，每一隻小小的貓的身軀，都帶走了隱匿一點點，也留給隱匿一點點。除了隱匿，誰能替牠們作傳呢？為了趕在歇業前安置河貓，她花了所有的心力去找收養人，幸好有許多愛貓的朋友伸出援手，幫忙安置、送養，隱匿將比較親人的河貓送養出去，特別病弱的五個則由她陸續帶回家收編。

從有河除役之後，隱匿經常替出差或旅行的貓友們到府餵貓，彷彿啟動了雙北區的打工度假模式，在臺北的街道巷弄中享受著探險之樂。或許也因為即將要離開北部，所以更有意識地享受本地的生活吧。隱匿正著手準備搬家，暌違十五年的這次搬家，是要搬到臺南，與母親、弟弟全家住得近一些。我自然很捨不得，但我也相信，移居優雅質樸的臺南後，有家人的照應和寬敞的空間，隱匿與貓會過得更好。

二〇一八年底，隱匿在黑眼睛出版了第五本詩集《永無止境的現在》，詩集出版後不久，隱匿在鴻鴻的陪同下，就在有河原址（目前名為「無論如河」）的書店舉辦新書發表會。當時我也參加了，坐在裝潢全改的店裡，聽隱匿談著詩與生活——在更早之前，眼前的一切不曾存在，然而有人來這裡開了一家店，十一年後，換了一些人，開另一家店。這裡的門口曾經有黃槿樹與河灘，原有彈塗魚出沒的河灘遭人填平、砌上水泥，黃槿也全數枯死，已不復尋。唯有遠處的觀音山與對岸的燈火，還閃爍在夜色中。在更早以前，甚至沒有我們。

直到那一刻，我才具體感覺到，有河已經不在了。但是它曾經在，我曾把它當作隱匿健康的敵人，然而它確實是隱匿的作品，也是隱匿和686的理想。出版《貓隱書店》，是隱匿與有河book的惜別，我在閱讀時幾次鼻酸，曾是最快樂的也曾是最黑暗的，屬於我們的有河年代，就這樣結束了。

貓隱書店

告別有河與河貓

作　　者	隱　匿
社　　長	陳蕙慧
副總編輯	戴偉傑
主　　編	周奕君
行銷企畫	李逸文、張元慧、廖祿存
封面設計	陳文德
封面繪圖	隱　匿
攝影協力	隱　匿（內頁）、王志元（折口作者照）、 趙豫中（隱匿在有河照）、鄭繼文（隱匿與糖糖照）
內頁排版	陳文德
集團社長	郭重興
發行人兼出版總監	曾大福
印　　務	黃禮賢、李孟儒
出　　版	木馬文化事業股份有限公司
發　　行	遠足文化事業股份有限公司
地　　址	231新北市新店區民權路108之4號8樓
電　　話	02-22181417　傳　真　02-86671065
Email	service@bookrep.com.tw
郵撥帳號	19588272木馬文化事業股份有限公司
客服專線	0800221029
法律顧問	華陽國際專利商標事務所　蘇文生律師
印　　刷	前進彩藝有限公司
初　　版	2019年7月
定　　價	380元
ISBN	978-986-359-680-6

歡迎團體訂購，另有優惠
請洽業務部02-22181417分機1124、1135

國家圖書館出版品預行編目(CIP)資料

貓隱書店：告別有河與河貓 / 隱匿著. -- 初版. -- 新北市：木馬文化出版：
遠足文化發行, 2019.07
320面；14.8×21公分
ISBN 978-986-359-680-6(平裝)

848.6　　　　108007077